ランドリーの片隅から

はじめに

明治より続く洗濯屋の次男坊に生まれた。男ばかりの四人兄弟で、戦後の混乱期を両親と祖父に育てられた。

物心つく頃から毎日、洗濯屋の職人仕事を見ながら育った私は、ある時、父に「同じ職人として生きるなら、陶芸や染色などの美術的な仕事の方が、芸術的で価値を創造していいのに」と言ったことがある。

すると父は「人様に喜んで頂くのがこの仕事だ」と言い返してきた。

そういえば祖父も「どんな人の服も仕上げる時は差別なく仕上げるのが職人だ」と言っていた。

そんな祖父や父母が、戦後米軍相手に再開した洗濯屋「ZAMA LAUNDRY」。

そのランドリーの片隅から見てきた世の中の移り変わりが、昨日のことのように浮かんでくるのは、不思議とアイロンを持ってワイシャツをプレスしているときである。

自分でも思ってもみないほど、鮮明に浮かんでくる記憶の数々。

父の仕事を継いで五十年の月日が過ぎ、いつの間にか父と同じ年になっていた。

今、息子が後を継いでくれた。

四代続いたこの仕事を通じて、見てきたこと感じたことを文章にして句誌「阿夫利嶺」に毎月書き続けてきたら、一〇〇編ほどになっていた。

これらの文章の一つ一つには、職人として生きてきた私の素直な気持ちが詰まっている。

読者の皆様に少しでも共感してもらえたら幸いである。

目次

カバー絵・カット
長谷川 渚
板画
神山 宏
装丁
小沼宏之

符丁

　サージはフランネル地に代わる初夏の単衣《ひとえ》として、明治以来流行した。薄い毛織物なので肌触りが良く、身体にぴったり合い着心地が良い。女性が着るとなだらかな線が鮮やかに浮き出て魅力的である。

　仕事柄いろいろな種類の衣類を扱っているが、私が父の家業の洗濯屋を継いだ昭和四〇年頃はまだ、天然繊維が主流であった。現在のような色とりどりの洋服は化学繊維が開発されて、ファッション革命が起こってからのことである。

　いいスーツやワイシャツはオーダーメイドが普通であった。背広はウール、ワイシャツは木綿で夏物は麻などが多かった。これらの手入れを承るのが私の店の仕事である。

　日本の職人の世界には、〝符丁〟と呼ぶその商売にだけ通用する言葉、合図である隠語がある。お客様や他の仕事の人にはわからない、自分たちにだけ通じる符丁を喋って、仕事をスムーズにしていくための業界言葉である。たとえば寿司屋で「上寿司ふたつ、並ひとつ」などとあからさまに言われるより、隠語を使ったほうがお客を差別しないでよいのである。客の方も何を言っているのかわからないので、不快にならないですむ。

私の職業にも符丁はある。お客様から預かった品物は帳面に記録しておくが、このときいちいち「背広上下一組」などとは書かない。背広上下は「セ広上下」、ズボンは「セル※下」、ワイシャツは「白Y」などである。

あるとき、お得意先の事務所で請求書とこの台帳を照らし合わせることがあった。請求書には符丁は使わず、ズボンはズボン、スーツはスーツと書いてある。誰が何を出したかをお客様に読んでいくときは、符丁を翻訳しながら読むのであるが、スカートのところで「女下」を「おんなした」と読んでしまった。スカートの事を「女下」というのである。婦人服の上は「女上」と書いて「おんなうえ」と読むのである。担当の経理課の課長が横で聞いていて、「ずいぶん色っぽい言葉で書いているんですね」と言われ、大笑いになったことがあった。

洗濯物を入れる丸い籠を「パイスケ」と呼ぶ。今でも四角いプラスチックの籠を角パイと呼ぶのはその名残である。

※セルという名称は、ウールの織り方の呼び名で、日本に入ってきた時は洋服の場合は「サージ」和服の場合は「セルジ（セル地、セル）」と分かれてしまった。「セージ」は綾織りで「セル」は綾織り／平織りの両方がある。

ZAMA LAUNDRY

終戦になって、座間の陸軍士官学校も、米軍に接収され「キャンプ座間」になり、米軍の兵隊たちが当時の国鉄（現ＪＲ）相模線相武台下駅から二列縦隊で続々と進駐して来た。ザック、ザックと軍靴を鳴らして進行して来る兵隊を、窓から眺めていたのを幼心に覚えている（最近になってこの話を叔母にしたら、進駐軍の兵隊は、時々訓練で行進をしたので、私が見たのも行進訓練だったらしい）。日本は四を嫌がるので一、二、三だが、米軍はワン、ツー、スリー、フォーと四拍子で行進してきた。

日本が負けたとき、祖父（籐平《とうべい》）は「これで洗濯屋は儲かるぞ」と言って、家族から「お父っつぁんは非国民だ」と言われたそうだが、祖父の言った通り我が家は戦後の好景気で大いに儲かったのであった。

戦前は品川で仕事をしていたので、父（東光《とうこう》）は終戦になってまた品川に戻るつもりであった。そんな折、警察署長と村長、ＭＰ（米軍の憲兵）が店に来て、「洗濯屋を探している、基地の中で仕事をしてくれないか」とのことで、半ば強制的に仕事をさせられたそうである。

しかし、いっぱしの職人なのにもらった給料が農家のおばさんと同じだったので、祖父と父はアイロンを持って帰ってきてしまった。ところが祖父と父は戦前に各国大使館の仕事をしていたので、その腕はたしかで、あまりにもきれいに仕上がっていたので、少々高くてもいいから専属で仕事をしてくれと改めてMPが言ってきた。

そこで、上宿六反（現在の座間市座間一丁目）のしもた屋を改造して火熨斗場《ひのしば》を造り、洗い場も別棟に建て「神山クリーニング」を始めた。初めはお客は米兵オンリーだったので、看板は英語で「ZAMA LAUNDRY」と掲げた。当時はまだドライクリーニングの設備はなかった。すべて樽で洗濯板を使っての水洗いであった。

彼らの軍服もすべて手洗いである。あるとき兵隊が軍服を取りに来て、俺の服はできているかと聞くので、洗ってまだ水の滴り落ちている服を指差すと、「オー・ノー！」と言って泣きそうになり、夕方からどうしても着るので仕上げてほしいと言って帰って行った。夕方、兵隊が取りに来てまたびっくり。ビシッと軍服が仕上がっていたのである。

「ベーリー・グッド！」と、兵隊は大喜びだった。

今では機械や道具が発達しているので、スーツ一着仕上げるのにいくらも時間はかからないが、当時はすべて手仕上げ、しかも焼き鏝《ごて》で仕上げていた。焼き鏝はアイロンのことで、炭火の上に大きな鉄のアイロンを置いて焼き、焼けたら取っ手を差し込み、一度水の中に入れて冷ます。このとき「ジュッ」という音で、アイロンの温度がわかるのである。油雑巾でアイロンの底をこすり、滑りをよくしてから洋服に当て布を当てながら仕上げるのである。

祖父はいつも火熨斗台の下に水の入った薬缶《やかん》を置いておき、その水を口に含んで洋服に口で霧を吹きかけ、当て布を当てながら鏝で仕上げた。だから上着一着仕上げるのに三〇分ぐらいかかった。この口で自由自在に霧を吹きかける祖父の技はまねができない。

客の米兵が撮影した昭和 25 年当時の店

乾燥の話

洗濯物を洗ったら一刻も早く湿気を取り除いてやるのが繊維にとってよいのだが、そうはいかないときもある。今では家庭にも乾燥機が普及してきたが、まだまだ洗濯物は外に干すことが多い。梅雨時には止むを得ず部屋の中に干すことになるが、なかなか乾かない。乾いたと思っても、着るときになって嫌な臭いがした経験は、どなたも一度はあるのではないだろうか。

これは空気中の雑菌が湿り気のある繊維に付着して繁殖するためである。部屋干しするときのよい方法は、部屋の中に風をおこしてやることである。外に干すときも風向きを見て、風を孕むように干す方がよく乾く。この風を部屋の中で人工的に起こすためには、扇風機を回しておくとよい。エアコンがある場合は除湿機能を使うとよいだろう。どちらもタイマーをセットしておけば電気代もそんなにかからない。

部屋の中に湿気が籠るので部屋に干すのを嫌って風呂場に干す人もいる。この場合も、風呂場の換気をよくしないと乾きが悪く、品物にとってもよくない。ひどいときは黴びることもあるので注意が肝心だ。

私が子供の頃、家の西側に店の洗濯物を干す物干し場があった。祖父はどこからか大きな丸太ン棒を四本みつけてきた。物資の乏しい当時でも、祖父は必要な物が何処に行けば手に入るかを的確に知っていた。その丸太の皮を剥いて一間置きに立てた。この丸太の上と下にフックを付け、麻縄を大きくたわませて張る。そして洗いあがった洗濯物を麻縄の縄目に挟み込み、すべて挟み込んでから先をV字型に削った孟宗竹で外側に張り出してやる。こうすると干す面積を大きく取れるのだ。

縄目に洗濯物を挟むには、親指で縄目を上に強く押し上げる。開いた縄目に洗濯物を挟み込み手を放すと、濡れた洗濯物の重みで縄目が引き締まり風が吹いても絶対に取れない。乾いたら縄を押し上げるようにしながら品物を真横に引っ張ると簡単に取り込めるのである。夕立のとき、よく手伝わされたのを思い出す。夏はいいが真冬は手がかじかんでつらい仕事であった。

祖父は進駐軍のハウスから出る色とりどりのエプロンやブラウスを、この縄にピンクはピンク、ブルーはブルーとまとめて干していた。兵隊たちはこの風景を見て、「ビューティフル」と言って写真に撮っていった。

私はと言えば、この洗濯物の下で、隣の同い年のSちゃんと、朝顔をしぼって色水遊びをしたり、ままごと遊びをしていた。

西洋洗濯開明軒

祖父は栃木県の鹿沼の出身である。兄弟が大勢いたので口減らしに一一歳の時に蒟《こん》蒻《にゃく》屋に奉公に出された。しかしそこの親方が朝、従業員を起こすのに、足で蹴って起こしたので、祖父は「親方は人を足で蹴って起こし人間扱いしないひどい人だ」と、派出所に駆け込んだのだそうだ。

この話を聞いて、私が正義感が強いのは、祖父の血を受け継いでいるに違いないと思っている。

栃木県から歩いて東京に出てきた祖父は、「西洋洗濯」の看板を見て、これからの商売はこれだと直感して弟子入りしたのであった。

昔の仕事の仕込み方は、どの仕事でもそうであったように、「仕事は盗め」であった。決して今のように手取り足取りして教えることはなかったのである。見習小僧の時分、ようやくアイロンを掛けさせてもらえるようになったが、そばで先輩が見ていて、仕上がり具合がだめだと傍らにある水を張った桶に、アイロンをかけたばかりの品物を叩き込まれたそうだ。そうして最初からまたアイロン掛けを覚えていくのである。今では考えられない従業員教育のやり方である。

当時、洗濯屋を利用するのは洋服を着るごく限られた人々であった。弁護士、役人、軍人、教師、政治家、外国人、豪商たち。これらの家庭を大八車や自転車にリヤカーを引いて集配していた。今のスタイルで言えばライトバンというところだろう。白い木綿のズボンに紺の印半纏《しるしばんてん》が当時のいでたちであった。

祖父は腕のいい仕上げ職人であった。しかし、今ここの店にいたかと思うと三日目にはほかの店にいるというように、手間賃のいい店を渡り歩いていたので、「三日籐平」や「飛行機籐平」というあだ名がついていたという。

結婚を期に東京・大久保百人町（現在の新宿区大久保）に自分の店を持ち、店の名前を「西洋洗濯開明軒」とつけた。父が生まれる一年前のことである。その当時、店の外交を担当したのが現在の白洋舎を創設した五十嵐健治である。得意先にはアメリカ大使館、ドイツ大使館など各国の大使館があった。大学出で英語が得意な五十嵐は、のちにアメリカ大使館の世話でヨーロッパに渡り、日本に初めてドライクリーニングの技術を持ち帰ったのであった。

その後、祖父は一家で栃木県の鹿沼に移り、「西洋洗濯神山クリーニング」を始めた。父は尋常小学校を卒業すると東京に洗濯職人の修業に出た。やはり手間賃のいい店を渡り歩き、関西にも修業に行った。神戸にいたとき、見合いの話が出て結婚し、東京・品川に店を構え、長男の猛が生まれた。太平洋戦争が激しくなって、父にも赤紙が来た。身重の母と猛は強制疎開で長野県佐久市臼田に疎開していたが、戦争が終わりに近づいたころ、祖母の実家をたよって祖父や叔母たちの疎開先の神奈川県の相模原町座間村に移った。そしてまもなく終戦となり、父が復員してきたのであった。海軍基地の鳥羽軍港に配属されていた父は、終戦間際、乗船予定だった輸送船が撃沈されてしまった。死ぬものと思って覚悟を決めていたそうだが、間一髪のところで命を落とさずにすんだのであった。

たまたま家の裏道を歩いていた母は、歩いていた父に遭遇したそうで、どんなにうれしかったことだったろう。

余談だが、後に叔母から聞いた話では、入営すると家族にもいっさいどこに配属されたかは、軍事機密で知らせてはいけないことになっていたが、父は送り返してきた私服の中に巧妙に手紙を入れ、「鳥羽」に居ることを知らせてきたのだそうだ。父らしい逸話である。

戦前に父が修業していた店

ハンカチーフ

戦後も二年程過ぎて、電力も回復し炭火アイロンから二〇〇ボルトの電気アイロンに変った。電気式になってからも呼び名は「焼き鏝」と呼んでいる。この呼び方は現在でもそう呼ばれている。

それはこの型式のアイロンは、いったんスイッチを入れると切るまで温度が上昇し、真っ赤になって燃え出すからである。

このアイロンにはサーモスタット（自動温度調節）などなく、すべて勘で操作していた。見習い中は、手捌きが遅いのですぐキツネ色になってしまうのである（後年このアイロンから失火して痛い目にあった）。

ハンカチと言えば、チャーリーのことを思い出す。小田急線相武台駅前に平成一五年までセントラルという米兵相手の小さなBARがあった。この店のオーナーは八〇過ぎのヒョロっとした男で、日本人だがチャーリーと呼ばれていた。

アメリカでは、バーテンダーの呼び名として、やせ男はチャーリー、小作りはフランク、太っちょはジョンと呼ぶのだそうだ。だから米兵たちはマスターのことを呼ぶ時、みんな「ハイ・チャーリー」と言っていた。

　チャーリーは太平洋戦争の兵である。敗戦濃厚になってきたとき南方の島の激戦地にいたのだが、転属命令で島を離れると、直後にその島の日本軍は玉砕し、また次の島でも彼が島を離れたあと玉砕したそうである。終戦となってグアム島の捕虜収容所に連れて行かれたが、運の強い男であった。この捕虜収容所では、一般人の下級の兵隊たちへの待遇はよかったそうだ。食い物は豊富、日系二世が英語を教えてくれ、これが復員してから大いに役立つことになった。

　捕虜生活のある日、日本の絵を描いてくれと米兵に頼まれた。絵の道具がないというと、次の日には沢山の絵の具、筆、紙が届いた。

　米兵は鼻をかむとき白いハンカチを使って、一回で捨ててしまう。そこで彼はそれを集めて洗濯しアイロンを掛けて、絵の上手な日本兵に芸者や富士山の絵を描かせ、一枚一ドルで売った。次々に俺にも描いてくれと言われて、復員したときには店が買えるほどのドルが貯まっていたそうである。もちろん収容所を出るときに身体検査があったが、巧妙にドルを隠して帰国することができた。

　当時ドルの貨幣価値は強かったので、得意の英会話を生かして米兵相手に「BAR CENTRAL」を開業したのであった。商売は面白いように儲かり、今の金で言えば毎日何百万という金額を売り上げたそうである。しかし人間、大きな金が入るとろくなことを考えないものである。彼もまたそうだった。毎日のように競艇に通い、儲けはどんどん使ってしまった。

「BAR CENTRAL」では、客はカウンターにまず一〇〇〇円を置く。そして注文したものをそこから差し引いてゆき、足りなくなるとまた一〇〇〇円を置く……、というようなアメリカ式であった。私も当時の雰囲気がまだ残っていた昭和四一年ころ一度飲みに行ったことがある。

その後、チャーリーは日本人相手にカラオケバーをしていたが、店をたたんで千葉の息子さんの家に引っ越していった。相武台での一つの戦後が終わったような気がしている。

ワイシャツ

横浜・元町のフランス山公園近くに「クリーニング発祥の地」の石碑がある。一八五九（安政六）年、横浜が開港され西洋人が多く居留したことによるのだろう。「ワイシャツ」という言葉は、本来「ホワイトシャツ」で、外国人の発音どおりに書いたらホとトが抜けてしまい「ワイシャツ」になったのである。外国人にあれは何かと聞いたところ、ソーイング・マシーンと答えたのだが、日本人の耳には最後のマシーンだけがよく聞こえたので「ミシン」と言う言葉が生まれたのと同じである。

関東ではワイシャツと言うが、関西ではカッターシャツ（カラーとカフスがついているシャツの意味の和製語）と呼んでいる。水色のシャツもワイシャツ（ホワイトシャツ）、茶色のシャツもホワイトシャツということになるのである。

外国ではシャツは素肌にじかに着るのが普通である。日本のように下にランニングシャツやTシャツを着るのは湿気が多い国だからである。ヨーロッパでは空気が乾燥しているので、汗びっしょりということはあまりない。なんでもすぐ洗ってきれいにしたくなるのと風呂好きなのは、日本独特の梅雨、それと湿気が多い夏があるからに違いない。

事実、ロンドン在住の娘がフランスに旅行に行った折、フランス語の女性は滞在中三日間一度も風呂を使った様子がなかったと言うのである。風呂場を見たら、荷物が入っていたのでびっくりしたと言っていた。

ワイシャツのほかに、タキシードやモーニングを着るときのラウンドウイングカラー、一般に「ウイングカラー」と呼ぶシャツがある。このシャツは明治から昭和初期まではスーツの下に着る普通のシャツだったが、現在では結婚式や政治家の認証式やパーティーのときに着るだけになった。このシャツのカラーははずせるようになっていて、プラスチックのようにかなり硬くできている。昔は洗濯したこのカラーを元通りに仕上げするのは、とても難しい技術だった。

シャツのカラーは、シャツと一緒に洗濯し、最後に糊付けを行なう。このとき入れる糊は、トウモロコシの澱粉からできたコーンスターチを鍋で透明になるまで煮て、木綿の袋で濾《こ》した糊である（一度濾さないと糊のダマと呼ぶ塊が入ってしまい、仕上げた時一定の艶にならない）。これを洗濯機に入れて五分程攪拌《かくはん》して全体になじませてから脱水するのである。

その後カラーだけは別工程でカップ一杯程度のコーンスターチをバケツに溶き、その中で手で揉み込んではしぼる作業を三回程行なう。平らな板（業務用語でサラ台と呼ぶ）の上に白い布を敷き、乾いたタオルで表面の糊を拭き取り、乾いたタオルにくるんできつく絞る。このまま干さずに、焼き鏝で仕上げる。いったん仕上げてから、板の上に広げ湯煎で溶かした蠟を刷毛で塗り、もう一度アイロンをかける。こうすると、つるつるでカチカチのカラーが仕上る。最後にアイロンの角でカラーを丸めてでき上がりである。

後年、父から「このアイロンを使っていたときのタコの痕だ」と中指を見せられたことがある。

マーキング

お客様から洗濯物を預かると、今では預り証を発行して、ナンバータグというものを、ホッチキスで付ける。これはたくさんの洗濯物が混ざっても、どれが誰の物か見分けるための大事な作業である。私が家業を継いだ昭和四〇年頃は、マーク糸という色の出ない赤糸でネームを入れたり、二センチ角の白布にマーキングインクで名前を書き入れて、品物に縫い付けていた。このマーキングインクが曲者で、現在はボールペン式になっているが、当時はガラスペンを使いインク壺のインクを付けながら書き入れていた。あるとき従業員がワイシャツの上に、インク壺を倒してしまったから大変、大騒ぎになった。なにしろこのインクは、煮ても何しても落ちないようにできているインクなのである。大変な思いでしみ抜きをした記憶がある。

私はマーク糸で名前を入れるのが上手だった。元来細かいことをするのが好きにできているらしい。この洗濯ネームは、ドラマなどの犯罪捜査にも出てくる。隠れたところ、お客様にはわからないようなところに付けるのである。

ネームの入れ方はカタカナと省略文字を使う。文語体も使う。つまり、わかればいいわけで、作業が速く済むようにできている。カタカナの「ウ」は二画目がないフの形、「ク」も二画目の横棒がないリを斜めにした形、「コ」は>の形、「シ」はひらがなの「し」をまっすぐにした字、タはリの字に点をつけた字、ツは横一の字、ナ行ハ行マ行ラ行はそのまま、ヤ行「ヨ」はコの字>の中に一本入れた字。これらを使って、色の出ない赤糸でネームを入れるのである。

例えば小澤は、オサハ、加藤はカトーと縦に一本入れる。大塚は大一カと漢字も使う。濁点は省略する。澤田はサハタ、馬場は「ハ、丶」、山本は山は矢印を下に向けた↓の字、本はモト、三幣は三ヘイになる。しまいには省略しないで漢字で名前を入れられるようになっていた。

しかし、コンピュータレジの普及で、ナンバータグにも自動的に名前が印刷されるようになって、ネーム糸を使うこともなくなってきた。バーコード型もある。シーツや作業服のように同一規格の物にはICタグが埋め込まれているのもある。いつでもどこに品物があるか瞬時にわかるような情報管理がされるようになってきた。今、国民一人一人にナンバーを付けるという話が出ているが、ナンバーは品物の管理だけにしてもらいたいものだと思っている。

御用聞き

商品を買うには、いろいろな方法があるが、インターネットが普及した現在は、ネットで注文し、コンビニで受け取る。あるいは、宅急便で自宅で受け取ることもできる。支払い方法も、代引きや銀行口座から引き落としのカード決済などと、実に多種多様な方法ができた。

私が父の商売を継ぐと決めた昭和四〇年頃はまだ、スーパーマーケットやコンビニエンスストアなどはなかった。その頃の買い物は、デパートや商店街の八百屋、魚屋、肉屋などに買い物籠を持って行くのが普通だった。ほかに、自宅に来る御用聞きに注文して配達してもらったり、八百屋や魚屋の引き売りから買うというのもあった。郵便で注文し、現金書留で代金を支払うと後日品物が郵送されてくるというのもあったはずであるが、届くまでにはけっこう日数を要したと思う。

洗濯屋も週二回ほど御用聞きをしていた。洗濯屋の御用聞きは自転車がほとんどだった。自転車は、今のママチャリよりもっとパイプが太く黒いがっちりしたもので、

「ＮＯＵＲＩＴＵ号」という名前の自転車だった記憶がある。

　配達用の自転車の後ろの荷台を大きめのものに加工して、竹製の籠を麻縄で縛り付け、ズックの分厚い生地のカバーをかぶせた。そのカバーに何々クリーニングと看板のように書いてあった。いまでもこのスタイルで配達している店もある。カバーの後ろには大きくふくらむポケットが一つ、両サイドにも小さめのポケットが付いていた。お預かりした品物は、目印をつけ、このポケットの中に入れるのである。

衣更えの季節になると、一軒で受けとる品数が多くなるので、数軒で籠は満杯になってしまい、何度も店を行ったり来たりしなければならなかった。それがめんどうで無理やりつめこむこともあった。そうするとかなりの重量になり、私は体重が軽いので、自転車の前輪が浮き上がってしまった記憶がある。

籠の中には大きな白い晒《さら》しの風呂敷が敷き詰めてあり、仕上がったものは形が崩れないよう丁寧に入れていき風呂敷でくるむのである。スーツは二つに畳み、ポリ袋などなかったので白い紙にくるみ、紙テープでたすき掛けに結わいた。ワイシャツも畳んで一つ一つ紙袋に入れ、紙のレッテルでとめた。

この紙袋に入れる作業は子供でもできるので、手伝った記憶がある。レッテルを舌でペロリとなめるのが面白く手伝うのだが、最後は糊の味が鼻について、気持ちが悪くなった思い出がある。

和手拭い

洗濯屋は一二月も二五日を過ぎると、急に慌ただしくなる。私が子供の頃は、住込みの従業員達が正月休みで帰省するので、仕事の受注も早めに打ち切って三が日は休みとなるからである。正月の準備など子供たちも手伝った。外交さんがお客のところに年始回りのときに持参する手拭いを用意するのが大仕事だった。親戚の紺屋《こうや》から染め抜きの手拭いが反物で送られてくるので、一本分に包丁で切って、きれいに畳み熨斗《のし》袋に入れるのである。

年末になると思い出すことがある。

ある年のこと、二五日ぐらいまでにお預かりした品物は年内に納めなければならない。父や従業員は夕方、五時ころに早飯を食べ夜なべをしていた。私たちは母とテレビを見ながら夕食を済まし、さあ寝ようと襖を開けたとたん、中から真っ黒な煙がどっと押し寄せてきた。当時の真冬の冷え込みは今よりきつかった。弟が気を利かせて石油ストーブの火をつけて、部屋を暖めてくれていたのだが、部屋を閉め切っていたために不完全燃焼をおこし煙が充満していたのだ。

年内に配達する仕上がったコートや学生服が店にはしまいきれず、私たちの部屋の天井から下げた竹竿にズラッと吊り下げられていたので、それがみんな煤《すす》だらけになってしまった。

煤というのは微粒子でとても細かく、不溶性の汚れの種類である。習字の墨と同じで水や溶剤には溶けないので、物理的に取るよりほかない、とても厄介な汚れである。ただ習字の墨と違うのは膠《にかわ》で固めていないので動きやすい点である。

それにしても、年末の押し詰まったときにすべて洗い直して仕上げ直すのは尋常なことではなかったはずである。しかし父と母は弟をしからず何一つ文句も言わず、ただ黙々と仕事をしていた。一晩中かかったはずである。家族総出で部屋の掃除をした。

毎年暮れになるとこのときのことを思い出すのである。

屋号

昔からの町には同じ姓の家が何軒もあり、それぞれ一つの地域にまとまってあることが多い。私の住む神奈川県の座間に多い苗字は稲垣、加藤、若林、山本、佐藤、片野、大矢、池上、澤田、高橋などで、いわゆる地類と呼ばれている遠い昔の新宅や分家だった家々である。同じ家から本家、分家、新宅と分かれていったものだろう。

こういう地域では、苗字だけではどこの家かわからないので、下の名前や屋号と呼ばれる昔からのいわば家のニックネームのような呼び方がある。私の家は戦前、品川に住んでいたので、「品川」と呼ばれていた。祖母には兄弟が大勢いたので、親戚が集まると結構な人数になり、屋号は便利だった。

座間と八王子を結ぶ八王子街道は、かつては絹の道だったので藤屋という宿屋があり、座間にも「藤屋」という屋号が残っている。裏通りに住んでいるから「裏町」、先祖が饅頭屋をしていたので「饅頭屋」、麹《こうじ》を売っていたので「麹屋」、外国のようであるが「ノブさん」とか「ふさちゃん」など下の名前で呼び合うこともある。

お客のところから洗濯物を預かるときに、同じ苗字があるところでは屋号や、その家の目印となるものが必要になる。隣町の新戸では安藤という家が何軒も続く。そこでたいがいは戸籍筆頭者、お父さんかおじいさんの名前で区別することになる。

しかし家族全員の洗濯物を預かる場合、若い娘さんの品物にもおじいさんの名前を書き込むことになる。わからないところにならいいのだが、やはりお嬢さんの品物に何の誰べえと書き込むのは気が引ける。そこで、おじいさんの名前の頭文字だけを付けるように工夫した。これなら嫌がられない。また、町名での区別をする場合もあったが、現在では町名変更が進み何丁目何番地となって、はっきりしていいのだが、字《あざ》名《な》が消えてしまうのは味気ないことだと思う。古い伝統文化と同じで残しておきたいことのひとつだ。

座間が市制になったころ、東京の千住に住む叔母から我が家への手紙の宛名には、「神奈川県座間村上宿六反橋際」とだけで、番地が書いてなかったが、それでもちゃんと届いた。当時座間には神山と言う姓は二軒しかなかった。まだ郵便番号などなく郵便配達夫が「神山さん、郵便でーす」と言いながら配達していたころの話である。

ギブミーチョコレート

国鉄相模線の相武台下駅には、現在のホームの東側にもう一つ進駐してきた米軍専用の貨物列車のホームがあった。貨物列車がつくと大勢の日本人労働者が荷物を降ろしに来る。貨車には荷物が満載で、米軍の物流のすごさを見せつけるものがあった。石炭だけ山と積んでくる列車もあり、石炭はいったん駅前の広場にボタ山のように積み上げられた。

休日で誰もいないボタ山の前の広場は、私たちのかっこうのグランドと化し、さっそく三角ベースが始まった。ボールはキャンプ座間にある野球場で米兵が打ったホームランボールを拾ってきた。月曜日に鉄条網の後ろの草むらを探すとたいてい見つかった。

彼等は土曜、日曜が休みでよく野球をしていた。当時からアメリカでは土日が休みだったが、日本では土曜日はまだ半ドンであった。バットは米軍からの払い下げ、グローブなどは誰も持っていなかったから素手である。ちょうど川上哲治の赤バット、大下弘の青バットのプロ野球が爆発的人気を得ていたころであった。冬の田んぼでもよく三角ベースをしたが、泥んこになってしまった。

山積みされた石炭はトラックに積めるだけ積んで運ばれてゆく。家の前の橋の手前に九〇度のカーブがあり、そこまでがゆるい登り坂。そのころのトラックは馬力が少ないので、「ウー、ウー、ウー」と唸りながら勢いをつけて橋のところに来る。そして急に曲がるので、荷台の石炭は遠心力でバラバラと荷台から振り撒かれる。それを近所中の人たちが群がって拾い集めた。運転手もそれを承知で、スピードを落とそうともしなかった。

この石炭を使って風呂の燃料にした。風呂焚きは私の仕事だった。まず新聞紙を捻じって置き、次に薪を細く燃えやすいくらいに鉈《なた》で割って乗せ、次にもう少し太めに割った薪を井桁《いげた》に積む。新聞紙に火をつけて薪に燃え移ったら大きな薪をくべる。大きな薪が燃え始めたら、最後に石炭を上にのせるのである。

風呂桶は木製で何処の家でも夕方になると子供たちは風呂へ井戸水を汲み上げたり風呂を沸かしたりした。物資の乏しい時代、米軍のトラックが落としていく石炭は、各家庭の冬の貴重な燃料となったのであった。

トラックは帰りは空で通り過ぎる。時々、カーキ色の服を着た兵隊が荷台に乗っているときがあった。私たち子供は大きな声で「ギブミー　チョコレート」と叫ぶのである。すると兵隊たちは、ブドウパンやチョコレート、チーズ、バター、真っ白な食パンなどを放り投げてくれた。みな、われ先にと取り合いになる。ブドウパンを掴んだとき、後からきた近所のおばさんに横取りされてしまったこともあった。「これは俺のだ」というと、「いいの、後で分けるから」と言って持って行ってしまった。もちろん分けてなどくれるはずもなかった。みな生きて行くので必死のころであった。

受験

私は男ばかり四人兄弟の二番目である。昔なら家を継がずに別に所帯を持っていただろう。兄が早稲田大学に進んでいたので、漠然と自分も早大へ行こう、そしてどこかに就職しようと思っていた。高校も二年生になると、自然と大学を目指すものは勉強に熱が入ってくる。休み時間でも〝赤尾の豆単〟と首っ引きになっていた。そんな彼らに比べ私の脳天気だったこと。毎日昼休みになると体育館でバスケットボールやピンポンに興じていた。そして、担任から将来の進むべき道を聞かれ、改めてどうしようかと考え始めた。

当時、洗濯屋の仕事は機械化されていって、大勢いた職人たちもいなくなりパートタイマーへと変わり始め、外交員も一人だけになっていた。その外交員も私が卒業して後を継ぐのかどうか、店の将来を気にしていた。私にはうすうすながら両親が私を頼り始めているのがわかった。両親も人生後半となり、体力的に無理が利かなくなっていたのである。

そこで担任にどうも家業を手伝わないといけないようだから、自分は夜学に行こうと思うと言うと、ああ、それなら今の成績なら大丈夫だ、今のままでいいと言った。しかし、これがいけなかった。受験勉強をしなくては、と思っていた矢先この言葉を聞いて、また遊びほうけるようになったのである。遊ぶといっても運動部だったので、部員仲間とランニング、階段の上り下りとトレーニングに打ち込んだ。そのお陰で三年になってすぐに行われた春のクラス対抗駅伝競走では、自分でも信じられない記録を出したのである。

受験は現在の産業能率大学の夜間部を受けた。一回目の試験で面接となり「あなたは英語がよくできるのですね」と言われた。しかしその次の試験を受ける日になって、電車の中であれこれ考えているうちに、夜学に行くのがいやになってしまった。途中の向ヶ丘遊園駅で電車を降りて、初めての道をわけのわからないまま呆然とほっつき歩いた。どこをどう歩いたのかわからないが、夕暮れになって気が付くと相模大野の伊東君の家の前に立っていた。彼は水泳部のキャプテンで同年ながら頼りになる男だった。その晩、彼の部屋で二人で酒を飲み、家の後を継ぐこと、将来のことなどもろもろのことを話した。そのときはっきりと「俺は大学には行かない」と決めたのだった。

伊東君は両親が中華料理店をしていたので、同じ商売屋の子供として私の気持ちを一番理解してくれる友人だった。どんな嫌な事でも悩みは人に話すとすっかり気持ちも楽になるもので、帰宅して「俺は家を継ぐ、大学には行かない」と両親に宣言したのである。

実際のところ、六時から始まる夜学の授業に間に合うように行くには、家を四時に出なくては間に合わない。クリーニング店では衣替えの時期は普段の四倍以上の仕事量となり、代わりの者がいるわけではないので、仕事を途中で切り上げることなど所詮無理だったのである。しかしそうは言ってもしばらく家業を手伝っているうちに、また大学へ行って、自分に合った仕事をしてみたいと言う気持ちが湧き起こってきて、悶々とした日々が続いた。

火熨斗場は、温度が高くなるので天井が高く作られている。だから真冬の夜などは、火の気がないと冷え冷えとする。家族がテレビを見ているゴールデンタイムでも、外交で集めてきた品物を一つ一つ台帳に記録し、それぞれにネームをつける仕事があった。この仕事はこつこつ時間がかかり、集めてきた自分だけがわかることなので誰かに手伝ってもらうことができないのだ。父が戦前やってきたとおりのやり方でしていた。今ならコンピューターレジに入力してナンバータグをホチキスで止めれば済むが、遅くまで頑張ってたくさん荷物を集めれば集めるほど、最後の仕事は夜遅くなるのである。四月から六月までは衣替え、普段の受注量の四倍以上になるので、そのころは作業が終わるのは真夜中になってしまうのだった。

休日になると新宿や渋谷に遊びに行った。たまたま大学に行っている友人たちに出会い話を聞いているうちに、またうずうずと腹の底の虫が動き始めるのだった。なんとかして家を脱出することはできないだろうかと考えるようになっていった。

たとえクリーニング屋を継ぐにしろ、よそに就職したこともないし修業に出たこともない。何も体験しないで世に出た私は、体験不足を痛感した。以来、酒を飲みに行ったり、マージャンをしたり、いいことも悪いことも少しずつ世間に染まって行った。あるとき、そんな私を見て父が言った、「誰かが犠牲にならなくちゃならないんだ」と。私にこの言葉は「ガーン!」と大きなハンマーで打たれたように効いた。「えっ、!なんで俺が!」。兄は大学生だし、弟たちはこれから進学の時期を迎える。私はもう大学へ行こうと考えるのはよそうと決心した。以来また脳天気に遊びに打ち込みながら仕事をするようになったのである。

考えが決まるまではあれこれ迷って時間がかかるのだが、考えが決まるとそれまでのことは忘れて行動するのが私の身上である。今では自営業の世界に進んで良かったと思っている。

リサイクル

一九五五年～一九七三年（昭和三〇年～四八年）の二〇年近くの間の高度経済成長に伴い、日本の住宅事情は大きく変貌を遂げる。ツーバイフォーの建売住宅の普及でアメリカナイズされた生活様式が入ってきたのである。これまでの日本は生活様式が畳の文化だったので、衣類の収納は畳んで箪笥《たんす》にしまうやり方がほとんどであった。したがって洗濯物も仕上げてから畳んで、私が高校を卒業して店を継いだころは、紙に包んで紙テープでたすき掛けにしばっていた。ポリ袋ができてからは、ファスナー付きのポリ袋に入れて納品していた。

日本人の生活は一〇〇％ではないが、フローリング、テーブルに椅子、ベッド、そして洋服ダンスから作り付けのウォーキング・クローゼットと、西洋式生活へと変わっていくのにつれ、洗濯物もニット類を除き、スーツ、コート、ワイシャツ、ジャケット、ブラウスなどはハンガーで吊り下げたまま収納するようになってきたのである。これにはクリーニング業界もかかわっている。人々のニーズに合わせて、今まで仕上げてから畳んで収めていたのを、ハンガーのまま収める欧米式のスタイルへとなってきたのである。今ではお客様も九〇％がハンガー仕上げを希望されている。ただしニット類だけは日本ではハンガーの跡がニットの肩に出っ張ってしまうのを嫌がって畳んで納品している。

高校生のころバイクで配達を手伝っていたとき、細い山道でハンドルを取られ土手の下にさかさまに転げ落ちてしまった。そのころは品物も紙でくるんだだけだったので、泥だらけになってしまいすべてやり直しになってしまったことがあった。現在はポリ袋に入れたりポリ製品のカバーをかぶせるのでめったなことでは汚れないが、このポリ製品はご存知のように石油製品であるのでやがてなくなっていく運命にある。そのためマイバッグや昔のように風呂敷を利用する運動がおこっている。ハンガーもリサイクル可能なプラスチックや有機物で作られたものに移行してきている。考えてみれば一所懸命プレスしても店頭でお渡しすると日本ではくるくると丸めてお持ち帰りになる人が多いのだ。なぜそうされるのかわからないのだが、外国の方はすぐ吊るす生活なのでそこが違うのかもしれない。

リサイクルと言えば、江戸時代の日本のリサイクルシステムは世界に冠たるものであった。すべての生活用品、食物が無駄のない公害のないものでできていた、もちろん肥料までであることは皆さんご存知のことであろう。尾籠《びろう》な話で申し訳ないが糞尿であっても売り買いの取引があり、そのままで使わず発酵させて化学的にも有効な肥料として使っていたのである。

昔のパリは不潔で窓から糞尿を捨てていたそうで、ペストが流行りそれで下水が発達したのだが、当時日本にきた外国人が下水のない日本の街の清潔さ、手入れされた町の美しさ、人々の清潔なことに目を見張ったそうであるがうなずけることである。番傘に塗る柿渋、台所用品、習字の和紙や墨、稲藁は縄になり縄では草鞋《ぞうり》ができる、着物も立派な洗い張りというクリーニング技術があった。京都では今でも着物についてのさまざまな仕事が残っていて地場産業となっている。いったん人の手によって作られた品はとことん使い修理修繕し使い切る、そして最後は肥やしになっていく究極のリサイクルシステムである。

胡瓜が曲がっていたりナスに傷があったりキャベツが虫で食われていたりしても安全であった。真っすぐな胡瓜などを欲すること自体がおかしなことで、そんな要求をするのは現在の日本だけであろう。食品は防腐剤などない時代、新鮮なものを手に入れることは贅沢だった。そこで人々は松の葉や柿渋、竹の葉や青竹に包み少しでも長持ちさせようと知恵を使った。確かに山奥の人々には昔では考えられなかった食べ物が、コンビニやスーパーで手に入れることができて助かっていることだろう。しかし売らんかなの商法で一年中四季のものが手に入ることはうれしいことなのだろうか。

旬の食べ物の美味しさを知っている私は疑問に思っている。それどころかほとんどの食品に入っている防腐剤は一定以下だと表示しなくて良いということになっているらしい。ほんの少しで効き目があるこの防腐剤は体内に蓄積されて行く。敏感な人はほんの微量でもアレルギーが起こるのである。安全な生活をしていくには苦労や我慢が必要なのである。

私が子供のころ使いに行かされて肉屋に行くと、コロッケやとんかつなどを竹の皮にくるみ端を爪で裂きその細い竹の皮でくるくると捻って包んでくれた。横にするとするりとこぼれるので乱暴に持てない。

しかしポリ袋で密閉するより揚げ物の皮がぱりっとしていて美味しかったことを覚えている。竹の皮には殺菌作用もあるらしい。映画「男たちの大和」で炊事兵が握り飯をつくりこの竹の皮にくるんで最後の米軍の攻撃の前に兵たちに配るシーンがあった。

江戸時代の生活をお手本にして、まだ間に合うことで可能なことはなんとか普及させて世界に広げたいものである。

石油などなくても、リヤカー、足踏み式の縄綯《な》い器、手動式の脱穀機など敗戦直後の日本にあったすばらしい文化、道具類や日本の稲作文化からできるさまざまな工夫、生活様式はアフリカや東南アジアで役に立つに違いない。

ザラ板

現在ではどこの家にも電気洗濯機、テレビ、冷蔵庫があるのは当たり前だが、私が子供のころ家庭の洗濯は洗濯桶に洗濯板を入れ固形石鹸でごしごし洗うやり方であった。

母は家の前の鳩川で近所の奥さん同士で井戸端会議ならぬ川端会議をしながら洗濯していたのを記憶している。昔は前の道路から川端まで階段で下りられるようになっていたので、子供たちもここまで下りて行ってお盆のころには灯篭流しをしたことをおぼえている。

家庭の洗濯が手洗のころ、洗濯屋もまた業務用の大きな桶と大きなザラ板（業務用語で洗濯板のこと）でごしごし洗っていたのである。脱水機などなくて手絞りであった。桶のふちを使って品物をくるくると巻いていき最後に両手で絞るのだが、なれないとなかなか上手に絞れない。第一、力が入らない。コツがあるのだ。捻られた品物の片方の手を逆手にし交差させるようにして引いていたほうの手を力いっぱい押し出すようにするのである。

祖父は電気のない時代から年季を入れた職人であるからこの仕事は一番上手だった。祖父が絞るとちょうど良い絞り加減になるのであった。

我が家の裏の加藤さんの亡くなったおばあちゃんが若いころの話だが、奥さんは家庭洗濯のプロであった。大変几帳面な人で、この人が洗ってくるワイシャツはプロが洗ったのとまったく同じくらいきれいな洗いであった。それどころかここの家の背広やコートはいつもきれいに手入れされていた。ご主人が帰宅されると奥さんはスーツ、ズボン、コートなどすべてきれいにブラッシングし上着は裏返して風を通してから洋服ダンスに入れるという念の入れようである。

事実、加藤家からでる洗濯物はほとんど汚れていなかった。この洋服をブラッシングすることは髪の毛を櫛で梳かすのと同じ理屈である。洗濯はお風呂で髪を洗うことでスチームアイロンでアイロンがけすることは髪の表面を美容院のように手入れするのと同じである。こうすることによってウールの表面が滑らかになるのである。結果的にいつも丁寧に手入れをしていると靴を何足かわけて履くのと同じで、何日か着用したら休ませてやるほうが長持ちするのである。

この洗濯板を使ったり手で洗うことはプロが洗うメニューに今でもある。品物に対して一番ソフトに洗えるのである。弊社ではウールの洋服も特別注文で水洗いしている。黄ばむ先の水洗い、汗をかいたらできるだけ早く水洗いするのがお手入れのコツである。

ザラ板

不思議な飲み物

真夏のさなか、私は線路の近くまで魚掬《すく》いにいった。米軍の貨物の荷下ろしをしていた日本人労働者たちは休憩時間になると、みなぶっかき氷の入った寸胴からステンレスの柄杓《ひしゃく》で何やら黒っぽい飲み物を紙コップについではうまそうに飲んでいた。誰かが「おじさんそれ頂戴」と言った。しかし「だめだ」とつれない返事。自分たちの既得権を犯されそうになったかのように「子供はあっちで遊んでいろ」と言った。ずいぶん後でその飲み物の名前がコーラと言うことを知った。後で初めて飲んだ時、なんて変な味がする飲み物だろうと思った。家内も初めて飲んだとき、薬を飲んでいるような感じがしたと言っていた。その飲み物を父は死ぬまでココア・コーラと言っていた。

当時の夏の飲み物といえば麦茶が主で、祭りやお客が来るとラムネや三ツ矢サイダーが飲めたのだった。男四人兄弟だったので、サイダーを注ぐにも大騒ぎで、弟は物差しできちっと測って全員公平に分けないと承知しなかった。

夏の飲み物や果物は井戸水を汲んで冷やしていた。時々汲み足して冷たくした。この井戸水の冷たさは冷えすぎず適度に冷えて、今の冷蔵庫には及びもつかないが、その冷たさは結構冷たくて夏の暑いときスイカや黄色いメロン、トマトなどは最高のご馳走であった。

当時我が家は米軍相手の仕事が忙しく景気も良かったのと、祖父がいたので、毎日のように親戚の人や戦前品川に住んでいたときのご近所の人たちなどが、入れ代わり立ち代わり訪ねてきたのを覚えている。みな座間の家に行くと米の飯が食えると言って訪ねてくるのであった。そういったときは必ず夕ご飯はご馳走になるのでお客が帰るのを楽しみにしていた。必ず少し残してくれるのである。小田原出身の家内の家では、そういうとき子供たちは早くお客が帰るようにと、玄関に箒《ほうき》を逆さまに立てかけたそうだが、私の所ではやらなかった。

物を冷やしたり洗ったりするのは、家の前の鳩川でもしていた。その頃の川はとてもきれいで、六反橋の上流五〇メートルほどの所で、鳩川と相模川の水を引く河岸用水路が合流していた（現在は分かれている）。そのせいか鯉や鯰、五〇センチもあるまるたと呼ぶ大ウグイ、亀や蛍などありとあらゆる水生動物が棲んでいた。

蛍の季節になると川の周りは蛍がたくさん飛ぶので竹竿で簡単に捕れるのだが、そのころ用水路に落ちて溺れる人があったので、夜、子供たちは行きたくても行かせてもらえなかった。捕りに行かなくても時々家の中まで飛んできたので、容易に捕まえることができたのである。寝る前に部屋に吊った蚊帳の中に蛍を放して遊んだ。ほのかな光が幻想的だった。

硬水と軟水

日本の水はほとんどが軟水で硬度一〇〇以下である。それに比べヨーロッパや北米では硬度が一五〇〇以上にもなるところがある。一般に硬度一〇〇以下が軟水、一〇〇から三〇〇が中硬水、三〇〇以上が硬水と分類されている。

おいしい井戸水は軟水である。軟水は炊飯や日本食での和風だしをとったり、緑茶を入れるのに向いている。中硬水は洋風だし、煮物、鍋物に向き、三〇〇以上の硬水はスポーツ後のミネラルの補給、妊産婦のカルシウム補給、便秘解消やダイエット向きである。硬水は独特のえぐみがあり石鹸、洗剤が泡立ちにくい、肉の灰汁《あく》が出やすい、パスタに腰を与えるなどの特徴があるので、これらの性質を上手に利用すると良いだろう。

硬水は石鹸、洗剤の泡立ちが良くないのでプロの世界では助剤といって石鹸のほかにメタ珪酸《けいさん》ソーダを加える。ご存知の方もいらっしゃるだろうが、石鹸は油脂とソーダを反応させて造る。この性質を利用して洗いながら石鹸に溶け出した油汚れにソーダを反応させるのである。ボイラーの水供給口には硬水軟化装置がついていて、塩の性質を利用してイオン交換樹脂で硬水を軟水にしているのである。

薬缶を長い間使っていると内側に白いカルシウムの塊がへばりつくのをご存知だろう。これはスケールといって炭酸カルシウムの塊である。硬水のままだとボイラーの釜の内側にこのスケールが付着して悪影響を与えるのである。

この硬水と軟水の違いは思わぬところに影響をおよぼす。フランス製やイタリア製の服をヨーロッパや北米で洗濯して変化が起きなかったものが、日本で洗濯したら脱色してしまった、ということが起こるのである。これは硬水では洗剤の洗浄力の働きが弱いのに、軟水では洗浄力が増して染色が耐えられなかったために起こるからである。ブランド好きの人が日本で着用し、すぐ洗濯してまた着ようとすると思わぬ落とし穴が待っているのである。フランスなど北ヨーロッパでは空気が乾燥している。だからあまり汗をかかないのでそうひんぱんに洗濯はしない。それに比べ日本にはうっとうしい梅雨がある。真夏になると亜熱帯の暑さである。この辺を十分理解してブランド品を着用しないととんだ目にあうのでご注意されたい。

亜熱帯気候

温帯と熱帯との中間の地帯で、おおよそ緯度二〇度から三〇度までの範囲で温暖な気候を亜熱帯気候という。四国、九州の南部や南西諸島、小笠原がそうである、と広辞苑に書かれている。

最近地球温暖化のせいか、真夏の暑さは年毎に最高気温を塗り替えている。その結果、亜熱帯気候の境界が北に広がりつつある。これは恐ろしいことだ。北極や南極の氷が溶け出しアルプスの氷河も溶けだしている。溶けだした水で海水が上昇し美しい珊瑚礁の南の島国はほとんどが水没する危険に曝されているのである。それだけではない。低い土地はすべてがそうである。そこへ高潮や台風に襲われたらどうなってしまうのだろう。考えただけでもぞっとする。

普通台風は日本のはるか南赤道付近で発生し、熱帯の暑さで発達して日本付近にやってくるのが今まであったが、温暖化のせいかもっと北で発達しているような気がする。近年も大型の勢力の台風が日本やアジアの国々を襲って大きな被害をもたらしている。世界中で温暖化防止の運動を起こし、地球を冷やす工夫をしなければならないのだ。そのために我々は我慢の生活を覚悟して取り組むべきである。おろかなホモサピエンスのために地球が病気になりつつあるのである。病気は初期治療で早く治るというではないか！

この話になるとどうも感情的になってしまうのだが、お許し願いたい。話を私の仕事に移そう。真夏の猛暑は衣類にとっても大敵である。その暑いさなか、ビジネスマンは大変である。

ことに営業マンは接客でどうしてもスーツを着用しなければならないときがある。お客様を接待するには冷房の効いた部屋で商談を進めるが、ひとたび外に出れば真夏の日差しをもろに受けることになる。冷房と言っても外気温より三度から四度低ければ結構涼しく感じるものであるが、外気三七度より三度低くても三四度で、かなり暑い気温だ。これでスーツを着れば襟や脇の下、それに下着はそうとう汗を吸っているはずである。気温が高いので汗がすぐ蒸発してしまうのであまり気にならないのである。汗の分泌液の成分には塩類、ピルビン酸、乳酸、アンモニアなどが含まれている。汗は気温の高いとき、激しい運動をしたときなどに体温を調節するほか、痛覚、精神的緊張によっても出る。

高校野球の真夏の甲子園大会を毎年楽しみにしている方も多かろうが、地方の予選も母校が出るときは今年は勝てそうもないとわかっていても応援したくなるものである。応援団の諸君も大変だ。暑いさなかスタンドでたいがい詰襟を着たままである。予選で負けた学校の生徒の学生服がクリーニングに来る。するとたいてい白く塩をふいている。汗の成分の塩分である。こうなるとドライクリーニングでは取れない。塩分は水溶性だから水洗いをするときれいに取れるのである。学生服に限らず、先の営業マンのスーツも同様である。

汗をかいたらできるだけ早く取り除いてやるのが、服のためにいいのだがそうたびたびクリーニングしていられないのが実情であろう。一番良くないのは着たきりすずめである。汚れの付着した繊維製品を夏の日差しに曝すことは汚れを触媒として服地と染色の劣化を促進させるからである。

一つの服だけでなく三着くらいを一回着たら休ませながら交代交代で着るほうが長持ちする。もちろん下着も毎日取り替えるほうが良い。そしてシーズンの終わりには必ず水洗いをして汗を取り除いて来シーズンのために備えるのが良い方法である。

煮釜

父が座間で商売を始めた昭和二二年ころ、洗い場の入口左に大きなレンガ造りの竈《かまど》があった。合成洗剤はまだなくて粉石鹸を使っていた。粉石鹸は水よりもお湯のほうが溶けやすく洗浄力も増加する。助剤にソーダを加えて煮洗いをするのである。ボイラーなど無い時代で小学校の給食に使うような大きな釜で湯を沸かし、石鹸と助剤を入れて煮込むのである。煮洗いをするには高温石鹸を使う。そのころはワイシャツも木綿か麻だけだったので、高温石鹸が一番きれいに洗えたのである。

一般家庭でも時々台所で布巾を煮沸消毒するが、あれと同じと思っていただければよい。この洗い方は現在でもほとんどのクリーニング店で行われている方法である。ただお湯の供給が煮釜からボイラーに変わったのと、石鹸の代わりに合成洗剤が発明されただけである。粉石鹸の良いところはお湯で洗うので汚れの落ち具合が良いこと。煮沸消毒ができること、それにソフターなどの柔軟剤を使わなくても洗い上がりが柔らかく洗えることである。難点は一回目の濯ぎをお湯でしなければならないことである。高温で洗った品物は排水しても熱いので、そこに冷水を入れると品物に含まれている石鹸が固まってしまう。だから一回目はお湯で濯ぎ二回目からは水を入れるが、品物の熱が加わるのでぬるま湯になる。三回目、四回目は冷水を入れて徐々に冷やされていくのである。五回目に糊を入れる。当時の糊は正麩糊《しょうふのり》を使っていた。現在はコーンスターチを使っている。酢酸ビニール系の化学糊も使うときがあるが、できるだけ環境に優しい天然糊を使うようにしている。

煮釜での作業は重労働であった。二メートルぐらいの丸太棒で煮釜の中のワイシャツを引っ掛けワッシャー（業界用語で洗濯機の事）に移すのである。釜の縁を使いテコの原理で持ち上げるのだが、煮立っているから熱いし水分を含んでいるので重たい。おまけにシャツとシャツが絡み合っているからかなりの重量になるのである。だからこの仕事だけは男の仕事で新入りの小僧さんはまず洗い場から仕込まれる。もっぱら若い力のある小僧さんの仕事だった。

水道水が引かれるまでこの煮釜へ水を汲むのも井戸水であった。台所にあった井戸から銅製の樋を伝って洗い場までおよそ五間ほどだったが、私たち子供も水汲みは手伝った。大釜での煮洗いの良さは科学的にも証明されている。私がクリーニング師の国家試験を受けるためクリーニング学院で勉強したとき、講師の先生はこの煮洗いはすばらしい方法であると言っていた。濯ぎの最後に糊を入れるが、このとき「青み」

という青色の染料をほんの少し入れる。人の目はほんの少し青みがかっていると、白さが強調され、より白く見えるのでこの性質を利用した方法である。

煮釜での作業

流し職人

子供のころ、店には大勢の職人たちが仕事をしていた。そんな彼らの楽しみは昼飯だった。米の飯がなかなか食えなかったころ、我が家は進駐軍の仕事をしていたので、景気がよく、いくらでも米が買えたのであった。親戚にも農家が多く、うちには米軍の物資が手に入ったので食い物にはまったく困らなかったのであった。

職人仲間でも何処に行けば飯が食えるかと言う情報はすぐ知れわたる時代だった。なかには手間賃をもらうその日一日だけ働いて一日分の日給を稼ぐ職人もいて、彼らを「流し職人」といっていた。忙しそうな店を探しては一日雇ってくれないかと前日に来て交渉するのである。そうすると祖父や父は仕事を見せろといって、何着かいろいろな種類の服を仕上げさせ、どのくらいの腕があるか見るのである。合格すると明日の朝何時に来い、昼飯付きで日給いくらだ、と交渉が成立するのである。

洗濯職人にはいろいろな仕事があって、その職人がどこでどのような仕込をしてきたかを祖父や父は見抜く目を持っていた。下手なごまかしは通じなかったのである。

お前は何処で仕事をしていたんだと聞くと、どこどこだと嘘を言うとすぐ見破られてしまうのであった。それもそのはず、東京中の店を渡り歩き、技術では一番うるさいと言われた青鬼、赤鬼と呼ばれていた店で仕事をしてきたので、座間の田舎だからといって、若い職人が馬鹿にして来ると、みな舌を巻くのであった。

毎日決まって仕事をするいわゆる常雇いの職人を「填《はま》り」と呼び、店が手がほしいときだけたのむ職人を「助《すけ》」と言っていた。このほかに飛び込みで来る「流し」、工場の中で品物を動かす「廻し職人」がいた。この廻し職人の腕が良くないと大きな工場では品物がうまく流れないのである。廻し職人は「仕上げ職人」や「洗い職人」たちと上手に付き合っていないと、意地悪をされてしまう。すると品物が流れなくなるのでとても難しい職種である。現在の工場長やマネージャーの立場になるだろう。廻し職人たちは工場の切り廻しができるので、たいていしばらくすると、自分の工場を持って独立してしまうのであった。

店が終わると夕方から盛り場にギターを持って流しに行く変わった職人もいた。これぞまさしく「流し職人」であろう。みな腕一本で手間賃を稼いでいたのである。

セビルロード

洋服の言語には外国語から日本語になったものがある。背広は英国の町のセビルロードからきていると言われている。初めてスーツを見た日本人がそれは何というものか、と聞いたとき「セビルロードの洋服屋で誂えた」と答えたのをセビローだけがよく聞こえて、最後の「ド」が聞こえなかったのでセビロー、セビロになったという話がある。

ズボンはフランス語の（jupon）でもう一つズボンを意味する言葉にパンタロン(pantalon)がある。これはコメディー・ア・デラルテの道化役パンタローネ(pantalone)のはいた長ズボンが語源と言われている。他にスラックス（slacks）は普段着用の替えズボンのことでトラウザー（trouser）はズボンの片方、数えるときは（a pair of trousers）一組のズボンのように言う。

戦後アメリカ兵がズボンをクリーニングに持ってきて、数えるときにワン・パンツ、ツー・パンツと言っていたが、今の若者が言う「パンツ」はツにアクセントをつけて言うから和声語であろう。私たちの世代はどうもズボンをパンツと言われると下着のパンツを思い浮かべてしまうので抵抗がある。明治の文人が用いた言葉「ジャケツ」は「jacket」で発音どおりである。

娘が英国で生活していたとき一度訪ねたが、ロンドンやイギリスの街を歩くとアメリカよりも、やはり歴史を感じさせられる。英語の原点がそこにあるので町や通りの名前一つとっても面白い。三銃士のダルタニアンやシャーロック・ホームズ、ミスター・ビーンが今にも出てきそうだし、小説や映画の場面を想い起させるのである。かつてエリザベス一世の命により世界の海に君臨した大英帝国の名残りがいたるところに保存されているのだ。ふとした通りの名前に、ああ、あの英語はここからきたのかと思い起こさせるものがある。そしてわれわれビートルズエイジに何よりうれしいのは、映画や彼らのエピソードの街や通りが今でも存在することである。

パチンコ台

米軍の仕事を現在の場所で始めた昭和二三年ころ、ある日突然店の前に大きな木の箱が米軍トラックで運ばれてくることがあった。軍事物資を入れて運搬した空箱で、現在のプレハブの勉強部屋以上の大きさである。この箱が降ろされると家中で分解した。祖父はそれを丁寧に解体し、庭の端っこに屋根をつけ積み上げ保管していた。後で考えるとその箱は憲兵隊が我が家の店が小さいので立て直すためにくれたものであったのだ。

この大きな木箱のまわりには箱が壊れないように鋼《はがね》のベルトが締め付けてあった。現在見られる段ボールを締め付けるプラスチックのベルトと同じ形で鋼に代わった物である。私たちはこの鋼でいろいろなおもちゃを作って遊んだ。木の板に釘を打ちつけポケットを作り、そこにビー玉が入るくらいの穴をあける。周りにはこの鋼を巻き付け、発射用に鋼を短く切ってビー玉をはじくように固定した。表面にガラスをはめられないので斜めに置いて玉を転がした。結構本物の感じが出てこのパチンコ台はすぐれものであった。

　また焼きを入れてやすりで刃を作り即席の切り出しナイフにして、相模川で篠竹《しのだけ》を切り出し、茶ノ木鉄砲を作った。

　真っ直ぐな篠竹の節と節を三〇センチほどの長さに切り取り、片方の節を切り落とす。もう片方の節から一〇センチ程のところできれいに切る。篠竹の内側に軽く入るくらいの細い竹を探して同じ長さに切り、八センチ位までの位置までボロ布を裂いて巻き付け、篠竹の内側に強く押し込んでぎりぎりに入るようにする。これで篠竹鉄砲のでき上がりだ。弾は茶ノ木の花つぼみである。これを竹の穴に詰め込み心太《ところてん》を押し出すように強く押し出す。するとパーンという音と共に茶ノ木のつぼみが押し出され花が飛び散るのである。茶ノ木のつぼみがない季節には水を張ったバケツに新聞紙を入れ、一つまみ掴み取る。それを指で丸め弾にして撃つのである。これもパーンというい音がするのだが、きちきちに詰め込まないといけない。

　そのころの男の子たちは、チャンバラごっこや戦争ごっこをしていたので、、この鉄砲で撃ちあいをして遊んだのであったが、それらは怪我をしない安全なものであった。そのころ学校では、アルミの鉛筆キャップに2B花火をばらして火薬を取り出して詰め、ロケットにするのが流行っていて、事故で失明したりして問題になっていた。また三つ叉になった木の枝を切り出し、パチンコを作った。これで雀を捕った。

パチンコ台

夏祭りの夜は部落対抗の戦争ごっこになる。お墓を間にしてみな思い思い自分で作ったパチンコを手に、カンシャク玉を詰めて撃ちあうのである。夜は石塔に弾が当たるとピカッと一瞬光るので迫力があった。この遊びは主に中学生がやっていたが、危険な遊びということで禁止となった。

貴族とファッション

私の住んでいる座間市は米国のテネシー州スマーナ市と姉妹都市を結んでいて、その関係で私も五度ほど訪ねたことがある。田舎の町の名前や通りの名前に英国の都市の名前や通りと同じ名前をつけているのをたくさん見ることができる。それどころか全く同じ名前の街が数えきれないくらいあるのには驚いてしまう。

英国の美術館はほとんどが無料で入れる。日本も見習ってもらいたいところの一つである。ある美術館でクイーン・エリザベス一世が世界地図を踏みつけている絵があったが、その絵に当時の大英帝国の威厳と世界の海を征していた力を感じる。バッキンガム宮殿の衛兵交代式は有名な観光スポットであるが、王室専属軍隊の警備隊にも伝統を重んじる国ならではの仕草に触れることができる。おもちゃの兵隊のかっこうで微動だにしない門番も有名であるが普通の兵舎の門番も直立不動である。門番と私も写真に納まった。そのときシャッターを切った娘が門番に「サンキュー」と言うと、その門番が突然一歩「バシッ」と踏み出し、同時に持っていた剣を娘に向けて下げたのである。お礼に対する返礼であった。格式と伝統を重んじる国ならではの仕草であった。

一般にヨーロッパの国には昔の貴族社会の名残を大切にしている国が多いし、いまだにその身分制度を守っている国もある。オーストリア、フランス、イタリアにも貴族制度が残っている。彼らは昔の封建社会のころから領土を持ち、強力な権限を使って町の大部分の不動産を自分の物にしてきたが、現在でも政治力と財力は桁が違うのである。

そんな彼らにはいろいろなエピソードがあるらしいが、私はクリーニングの話をしたい。有名なデザイナーの最先端のファッションは夜の社交界で花開く。それらの有名ブランドを日本のセレブたちが競って買い求める。そしてクリーニングに出すことになるのだが、ここで大きな問題がある。一夜限りのファッションに大金を惜しげもなく使う彼らは数回しか着用しない。パーティーに着ると次回には着ないのである。つまりそのファッションはクリーニングしないようにできているのである。一夜限りの時間のために作られた演出、舞台衣装である。見栄えが良ければいいので、染色も鮮やかに見えるものが好まれる。

そのようなファッションが有名になってブランド品になり、その国の外貨も稼ぐわけであるが、困るのはそれらが高額な金額で日本にも輸入されてきて日本のセレブたちが買い求めることである。きれい好きな日本人は一度着るとすぐ洗濯したくなる。日本はヨーロッパのように乾燥していないので、すぐ汗になりシミとなるから、それらがクリーニング店に持ち込まれてくる。しかし一度洗ったら色が変色したり風合いが変わったりする。そして毎日のようにクレームが発生することになるのである。現在私の店にはそのような高額衣料が全国のデパートから持ち込まれてくる。輸入業者からである。先にも書いたが硬水と軟水の違いもある。一番の問題は世界統一の品質表示ができていないことで、早く安心してファッションケアーができるようにしてもらいたいものである。

自転車オートバイ

クリーニングの御用聞きは、個人の店だと週二回お得意回りすることが多い。これは現在でも外交をする店なら行われている。月木、火金、水土のように回るコースを決めていた。大抵の店は月曜に集配し、火曜に洗い、水曜に仕上げ、木曜に配達するのである。我が家は月木回りだったので、火水と金土は配達がないから外交用のバイクもお休みであった。

中学生のとき配達のない日にこっそりバイクを持ち出して相武台まで乗っていったりしていた。当時は一五歳で免許が取れたので、同級生の中で四月生まれの八百屋のイーチャンは早々と自動二輪の運転免許をとってオート三輪を運転していた。私は一月生まれの早生まれだったので早く一五歳がこないかと待ち焦がれていたのだった。

しかしその年の内に法律が改定され年齢が引き上げられてしまったので、高校生になってから軽四輪の免許をとったのである。中には学校に自転車オートバイで来る者がいた。オートバイといっても現在の補助電気付き自転車と同じで黒いがっちりしたた自転車に小さな五〇ccのエンジンを取り付けただけのもので、自転車を思い切りこいで、ある程度スピードが出たところでエンジンがかかるしくみになっていたのである。私たちはその自転車オートバイを運転する友人を羨望の眼差しで見ていた。

当時、自動車の運転免許を取るには、自動車教習所などまだなかったので、相模川の河川敷や道路上で練習し（アメリカでは今でも道路上で練習する）、二俣川の運転試験場で試験を受けて免許をとっていた。

私も時々バイクで相武台前の叔母の家まで行きそこから座間中まで歩いていった。登校はキャンプ座間を過ぎて右側の急な坂道を登っていくのであるが、冬、赤土の道は霜解けでぐちゃぐちゃになり、雨が降ったあとには道の真ん中に溝ができてとても歩きにくかった。この坂道を行くのがいやで時々店の配達のない日にこっそり乗っていたのである。もちろん無免許である。

当時は自動車も少なかったので平気で乗っていた。あるとき相武台の駅前の交差点を右折したところで警察官に呼び止められ免許証の提示を求められた。当時五〇ccのバイクが右折するときは歩行者と同じようにいったん直進し、向きを右に変え止まって信号が青になるまで待たねばいけなかったのに、私は自動車が右折するように曲がったのを警察官は見ていたのである。そうでなくても黒い詰襟の学生服に学帽の者が運転していること自体目立つことだった。家に電話され職人がスクーターで引き取りに来てくれたが、特に学校に知らされるでもなく「だめですよ、ちゃんと免許を取ってからでないと運転させては」というくらいの注意だけで済んだ。昭和三七年、相武台前の駅前が何もなくて砂利の広場だったころの話である。

マンボズボン

今、街を歩くと老いも若きもジーパンをはいている。現在ではアメリカ風にジーンズと呼んでいる。特に若者の間ではさまざまなデザインのジーンズがはかれていて、すっかり世界中のファッションとして定着している。

ジーンズはそもそもはアメリカでゴールドラッシュのころ、フロンティア・スピリットの名の元、西へ西へと向かっていた幌馬車の幌の生地をインディゴで藍色に染め、作業ズボンとして生まれたものである。それがファッションとなってきたのは、映画「エデンの東」や「理由なき反抗」でジェームス・ディーンがデニムのジーンズに白いTシャツ、赤い綿ジャンパーにスニーカーの姿で登場したころからであるが、太平洋戦争が勃発して、アメリカ在住の日系人は、敵国人ということで収容所に押し込まれた。そのころの写真にジーパンの裾を外側に折り上げてはいている日系人男性の姿を見ることができる。

日本には戦後進駐してきた米軍の兵隊によって持ち込まれた。時あたかもロカビリー全盛で、彼らはリーゼントヘアーにジーパン、白のTシャツといういでたちであった。若者たちはみな、このときの歌手のスタイルにあこがれたのである。

私の家では米兵が出入りしていたので、早くからジーパンは知っていたので不思議ではなかったのだが、初めのころ、みな米兵の古着のジーパンを欲しがった。買いたくてもまだ日本では売っていなかったのである。

小学校三年のころ、日本でも売り出された。しかし初めの頃はロカビリーに狂った不良がはくもの、というレッテルが貼られていた。事実、私のクラスの友人がジーパンを初めてはいてきたとき、みな「マンボズボンはいてらぁ」と言ってからかっていた。

新しいジーパンを買うと、表面のケバケバをガラスの破片など尖った物で削ってわざとずうっと前からはいていたように見せ、はきこなしたジーパンのようにしてはくのがかっこいいと言っていたのであった。それからジーパンがたどった道のりは、皆さんご存知の通りである。

現在ではストーンウオッシュという方法（大きな乾燥機の中に砂をいれその中で品物を攪拌する方法）でジーンズの表面を機械的にこすり、色をはがして古着のような色を作り出している。

つまり五〇年以上前にガラスの破片で表面をこすり、わざとはきこなしたように見せたファッション感覚は、現在の若者にも支持されていることになる。今でもあのぴったりはくマンボズボンが若い女性にはかれているのである。

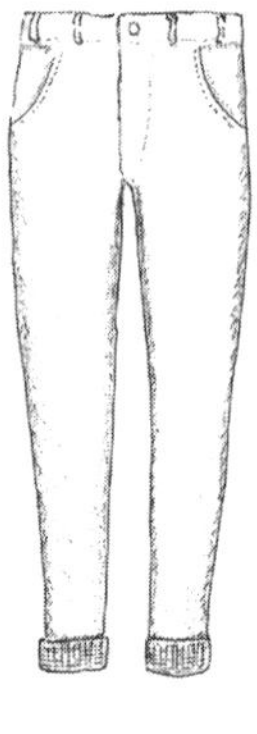

ポンポンダリア

祖父は趣味で、晩年猫の額ほどの庭に季節の花を咲かせるのが趣味であった。いったんその事を始めると、とことんするのが祖父のいいところであり悪いところでもある。祭りと選挙が大好きでそのころになるとそわそわしだし、祭りと選挙の期間は家にいなくなるのである。私も祭りごとが好きなので絶対隔世遺伝なのだと信じている。

選挙のときには近所の候補者の参謀を買って出て、参謀となるとかなりきな臭いこともあっただろうが、すべてその議員のためになることしか考えない一本気の漢であった。そして候補者を当選させてしまうので有名であった。また祖父は票読みがぴたりとあたるのでも有名であった。死後もしばらくのあいだ議員たちから案内の手紙が来ていたのを覚えている。

店の前の垣根に薔薇や菊を、ダリアの季節には片方にはいろいろな種類の大輪のものを植え、反対側には色とりどりのポンポンダリアを植えていた。

祖父は読み書きができなかった。すべて耳学問である。どんな長編小説も耳で聞いて暗記してしまうのである。そして人当たりのよさも天下一品で、褒め上手だった。だからどこかにいい品種の花があると、褒めちぎって、しまいには株を分けてもらってくるのである。反対に「きれいな花ですね」、などと褒められると「どうぞ持っていきなせえ」、と言って一番きれいに咲いている花を、惜しげもなく切ってくれてしまうのである。このへんも私によく似ているところだ。だから店の前の垣根には季節の花がいつもきれいに咲いていた。外交員が配達に回ると「ああ、お店の前に花がいつも咲いている洗濯屋さんね」と有名であった。この話は後に私が店を継いで外交に行ったときにも聞かされたことがあった。

進駐軍の仕事が忙しくなって父は祖父に干し場が足りないというと、「そうか、わかった」と言って丹精して作った自慢の花壇のすべてを、あっさり近所の花好きの人にくれてしまった。そして大きな丸太で干し場をこしらえ、今度はキャンプ座間のハウスから出る色とりどりのエプロンやブラウスをピンクはピンク、白は白、ブルーはブルーのように、まるで花壇に色とりどりの花を咲かせたように麻縄に干した。米兵たちは「ビューティフル」と言って写真に撮っていった。

お神輿

昭和三九年ころまで店の南側に「台下寮」という旧国鉄の保養所があった。別棟に国鉄職員の官舎が二棟あり、大きな浴場もあった。この風呂場には大きな煙突があり、当時どこからもわかる近所のシンボルタワーとなっていた。保養所なので旅館と同じように宿泊ができ、宴会ができる大広間もあった。この広間は地域の集会所の役目もしていて、予定が入っていないときに近所の忘年会や新年会、子供たちを集めての学芸会のような催しもすることがあった。

宴会のシーズンになると、浴衣やシーツが洗濯に出て、それらは新米の小僧さんたちのアイロンの練習の品物となっていた。

保養所は空いているときには一般の人も宴会ができた。我が家も店を新築したとき、新築祝いをさせてもらったことがあった。保養所のご主人は、有名な東京の料亭の板前で、そこのお嬢さんと恋仲になって駆け落ちしてきたのだそうだ。腕のいい職人だった。時々宴会のキャンセルがあると、宴会料理が安くまわって来るときがあった。

たいていは父の酒の肴になって私たち子供の口には入らなかったが、たまに鳥のから揚げなどがくるとおこぼれに預かれた。

父は店屋物《てんやもの》がきらいだったので、私たちも母の手料理しか食べたことがなかった。宴会の料理などは見るのもめずらしいものであったが、きれいでおいしいが、いつも同じ味で不思議な感じがした。

台下寮別棟の官舎には様々な特技を持った人々が住んでいた。国鉄も戦争で人員不足となり、元はいろいろな職業の人々が住んでいたのである。

二階建ての寮の廊下は昼間でも薄暗く、子供の私には何か気味が悪く感じられて、一度も入ったことがなかった。最盛期には大勢の家族が住んでいて、さながら団地の雰囲気であった。

八月の終わりに、ある地元のお祭りのために、台下寮の人たちと地元の町内会とで、子供神輿を造ってくれた。神輿の周りには神社のような金色の飾りや階段、社があり、屋根のてっぺんには金色の鳳凰がついた本格的なものであった。神輿には戦争から開放され、平和なものに気持ちを入れられる人々の喜びが注ぎ込まれていたのである。

神輿は夏休みに入ってから造り始められ、夏祭りで子供たちがかついで町内を回った。あちこちに休憩所を作って黄色いメロン、スイカ、アイスキャンデーをもらえるのがうれしかった。夕方、子供神輿が終わるころ、お神酒のまわった大人たちが酔った勢いで神輿を担ぎ出す。この神輿は私たちの町内だけのオリジナルだったので、地元の若い衆達も酒樽神輿を造り、それはそれで町内を練り歩いたのであるが、夜になってお互い酒が入ったもの同士の神輿が鉢合わせをすると、喧嘩神輿となって、ぶつけ合い最後には壊れて燃やしてしまうのだった。

それから三年も続いただろうか、景気の上向きと共に台下寮の人たちも、一人抜け二人抜けと減っていった。寮は四畳半と六畳二間だったので、子供たちが大きくなるにつれ手狭になり、引っ越していったのである。それと共に子供神輿も造られなくなっていったのであった。あの子供神輿はもっと大事に保存しておけばよかったと悔やんでいる。

会えなかった姉

「受験」のところで私の兄弟は男四人と書いたが、正確には男四人女一人だった。私の二つ上に姉がいたのである。名前を陽子といった。太陽のように明るく輝く女性になるはずであった。

戦争が敗色濃厚になったころ、祖父は母と一歳を過ぎた陽子と長男の猛を疎開先の長野県佐久郡臼田村から呼び戻した。どうせ死ぬなら皆一緒に死のうと思ったのだ。一人でも誰かを生き残すと言う選択肢もあっただろうに、自暴自棄になっていたのだろう。長野県も空襲にあって一家は祖母の実家の座間村に移ることになった。小海線で八王子を目指した。途中空襲があると何度も停車した。線路の上を空襲で焼け出された人たちが、顔を真っ黒にして泣きながら大勢歩いてきたと、母から聞いた。一番下の叔母が陽子を背負い両手に持てる限りの荷物を持って列車に乗った。

満員の車内で泣く事しかできない陽子を背中に「あたしの方が泣きたかった、ただただ座間を目指した」と叔母から聞いた。

一家は神奈川県の相模原町座間村の親戚をたよって、座間村谷戸（現在の谷戸山公園の近く）に落ち着いたのである。陽子をすぐに医者に診せたが、栄養失調ですでに手の施しようがなかった。乳の出ない母はぐったりする陽子を抱いて途方にくれたのであった。泣く力も無くなり、衰弱して陽子は二歳になる前に短い一生を終えたのであった。

生きていれば母にとって、どんなにか良い話し相手となり、母を助けたことであったであろう。今は生前撮った一枚の写真から、日本的な清楚な女性となっていただろうと想像する以外ない。我が家で唯一の戦争の犠牲者となったのである。

飯盒炊爨《はんごうすいさん》

相模川の上流にダムができるまで、座間と対岸の依知に挟まれた相模川には満々と水があった。しかし、ひとたび大雨が降るとその本性をあらわし、昔からたびたび氾濫して洪水を起こしていたのである。洪水を起こしたときにキャンプ座間の隧道《すいどう》の下まで、水が溢れている写真が、座間の古い資料に残っている。

これを見ると、現在の私の家や同人会長の家も水没していることになる。しかし何事もないときには、川は自然の恵みを与えてくれる。相模川には天然の鮎《あゆ》、鰻《うなぎ》、鯉《こい》、鮒《ふな》、鯏《うぐい》、鮠《はや》、鯰《なまず》、などの川魚がたくさん獲れたし、洪水のおかげで肥沃な大地が広がって多くの野の恵も与えてくれているのである。

夏、野山で友人たちとキャンプやバーベキューをするのはとても楽しいことだ。私も時々川やキャンプ場でバーベキューをするが、内容は牛肉や鶏肉、シチューにトウモロコシと豪勢でアメリカ的である。

子供のころ、近所のお兄さんたちが相模川の河原で飯盒炊爨をしてくれた。私も弟と一緒に連れて行ってもらった。飯盒の米を川の水で研いで川の水で炊いた。おかずは缶詰だけ。誰かが鮎や鮠を手づかみで獲ってきたのを塩焼きにして食べた。米が炊けると飯盒をさかさまにひっくり返して底を草でこする。こうするとこげた米がはがれやすくなるのである。各自が持参した茶碗や空き缶にご飯を盛ってくれた。

保育園児の弟はてんこ盛りにされたご飯を見て、「ぼく、おかわりしたい」と言った。すると隣の家の「ごっさん」が「馬鹿やろう、こんな所に来てそんな悠長なこといっていたら、すぐなくなっちゃうぞ」と言ったのを今でもおぼえている。けして豪華ではなかったが、当時としては画期的で、自発的に目上の者が年下のものの面倒を見るという相互扶助の心が息づいていた古き良き時代のひとときであった。

とうちゃん、かあちゃん

最近はあまり聞かなくなったが、我が家では両親の呼び方を「とうちゃん、かあちゃん」と呼んでいた。私が子供のころには近所でもみなこの呼び方だったように思う。我が家は職人の家だったせいもあるので、高校生のころまでこう呼んでいた。年頃になっても、仲間内ではしゃべっていても、面と向かうとなかなかオヤジと呼べなかった。

「父、母」はよその大人には使っていた。中学生のころ、女性の友人宅を訪ねたことがあった。その子は両親のことを「お父様、お母様」と呼んでいた。私は何かとても上品で新鮮な響きに感じた。近所のお兄さんは「とうさん、かあさん」だったが、この呼び方も「次郎物語」のようで、何か優しい感じがした。

我が家では男ばかりの兄弟なので普段も、座間弁で「おい、おめえ、おれ、とうちゃん、かあちゃん」と乱暴な言葉遣いだったのである。自分に子供ができて、私は「お父さん、お母さん」と呼ばせた。「パパ、ママ」はどうも好きになれなかったからである。

子供たちが高校生になり何かねだりごとがあるとふざけて「パパ」とか「パピー」「おとう」などと使い分けるようになった。内心悪くない気がしていた。なんて親バカなんだろう。

しかし孫が産まれてからは、自分の管理ではないので娘夫婦の呼び方は幼児がしゃべりやすい「パパ、ママ」になった。

私の父は名を「東光」と言った。今東光《こんとうこう》和尚と同じである。祖父は父が産まれると東京の有名な寺院の住職にたのんで名付けてもらったのだそうで、さもありなんである。

だから子供のころから父は親戚中で「とうちゃん」と「ちゃん」にアクセントをおいた呼ばれ方をしていたのである。父の従兄弟たちは六〇過ぎになっても父のことを「とうちゃん」と後ろにアクセントを置いて呼んでいた。

父は修行で関西に行っていたときのこと、職人仲間がみな「とうちゃん」と呼ぶので、土地の人から男なのに「とうちゃん」はおかしいと言われたそうだ。関西では昔から若い女性のことを「とうはん」と呼ぶからである。それでも親しい人はみな、父のことを「とうちゃん」と呼んでいたのだった。

昔は職業によって言葉遣いが決まっていたらしい。裕福な家庭や軍人の家庭では子供が両親を呼ぶのに「お父様」「お母様」、この呼び方は今でも使われている。成人した若者は「父上」「母上」を使っていた。私も手紙などには今でも「母上様によろしくお伝えください」などと書くときがある。

私たち親父仲間では年配の男性を親しみを込めて、「どこどこの、とっつぁんは顔を見ねえが元気か」というときがあるが、座間の言葉は神奈川県の県央地区、相模原、町田、厚木、湘南地区で、関東でも、東京の下町風で落語に出てくる熊さん、はっつぁんの言葉に近いと思う。

先日同業者を訪ねたとき、三〇過ぎの息子さんがお父さんを呼ぶのに、「とうちゃん」と呼んでいたので何か郷愁を感じてしまった。一般に昔の職人家庭では「おとっつぁん、おっかさん」「とうちゃん、かあちゃん」であったが、これも最近は「おとうさん、おかあさん」から「パパ、ママ」と呼ぶようになって、呼び方も時代と共に変わっていくようだ。

ブラックライト

現在市販されている家庭用の洗濯洗剤の成分表示に「蛍光増白剤入り」と書いてあるのがある。白い色をより白く見せるための蛍光染料が含有されているのである。この染料で染められた生地は、紫外線にあたると鮮やかに発色する性質がある。ホテルのバーやクラブなどで白い服が青白く光ったように見えるのを経験された方もあるだろう。これは弱い紫外線を出すブラックライトという光が白い服に反射して、白さがより強調されて見えるせいである。

ブラックライトに照らされると、通常の光線の反射では見えないものが浮かび上がって見えるという特徴があるので、この性質を利用してシミ抜き作業をするところでは携帯式のブラックライトを備えてあるところもある。光を遮断したところでこの光を品物に当てると、肉眼では見えなかったシミや汚れが浮き上がって見えてくるのである。

この蛍光増白剤入りの洗剤で洗濯すると、蛍光染料で白く染められ、白い物はより真っ白く見えるようになるのでまことに良いのだが、生成《きな》りやベージュ色の品には不具合となる。均一に染まらないでまだらに染まったりするからである。

蛍光染料はいったん染まるとなかなか取れにくい染料である。こういうときには、その上に生成り色でもう一度染めるほかない。生成り復元剤というのがあるが、成分は玉葱の皮のオレンジ色の部分でできている。つまり草木染をするのと同じ原理である。

二〇代のころ、早朝野球をしていたことがあった。野球部の仲間たちと、バーやキャバレーに飲みに行くのは楽しみの一つであった。あるとき、野球部の監督が今夜飲みに行くのにはいていく白いズボンにウーロン茶をこぼしてしまった。なんとか今日中にシミ抜きしてくれ、とたのまれたことがあった。すぐにドライクリーニングしたらきれいになったので、なんとか時間までに間に合わせることができた。翌日になって監督から「なんだ、シミが落ちてなかったぞ」とおしかりの電話が来た。

「おかしいな、確かにきれいにしたはずなんだが」とすぐに品物を確認に行って見てみると、確かにシミはきれいになっている。すると監督はナイトクラブでブラックライトに照らされると、くっきり浮かび上がってくると言うのである。はて、これはどういうことかと、シミ抜きの先生に電話してみると、それはお茶に含まれている「タンニン」のせいだと言われた。タンニンは時間がたつと酸化するので、ただ洗っただけでは完全に除去することはできない、必ず酸化漂白をしないとシミは残留して、時間がたつと計時変化で黄変する性質がある。そのズボンには目には見えないが、タンニンのシミがあるに違いないから、酸素系の漂白をしてみなさい、とアドバイスをいただいた。早速、酸化漂白をして納めることができた。監督がそのズボンをはいて、無事ナイトクラブの女性と楽しむことができたかは聞きそこなった。

お座敷教室

金色の徽章《きしょう》の付いた黒の学帽、紺の上着に紺の半ズボン、白い慶應カラーのシャツ、胸には父の墨書きで「かみやまひろし」と買いてあるハンカチを安全ピンで吊り下げた姿が、座間第一小学校（現在の座間小）に入学したときの私の格好である。

当時（昭和二九年）の座間小には、戦争の爪あとや戦前の名残りがあちこちに残っていた。正門を入るとすぐ右には、薪を背負った二ノ宮金次郎の銅像があった。北の校舎には、女子の裁縫や修身の時間に使われていた畳と障子のある「お座敷教室」があったが、私たちの時代にはもう使われなくなっていた。一番北にあったせいか、春になってもひと気がないので冷え冷えとしていた。時々悪戯で覗きに行ったりしたが、障子は破れ、手入れもしていないので気味の悪い教室だったのを思い出す。職員室の天井には、米軍機の機銃掃射の弾痕がそのまま残っていた。

座間小のクラスには一組二組ではなく、松組、竹組と松竹梅桜楓という名前のクラス名が付いていていた。これも戦後の産めよ増やせよのベビーブームで生徒数が増えたたため、一組二組に代わっていったが私は松竹梅式の方が愛着があって好きだ。

一年生のときは楓組だった。楓組の先生はきれいな女性の先生だった。私はその先生が好きで、休み時間になると先生に抱きついたり、腕にぶら下がったりしていた。すると一人の男子生徒が「おっかしいや、男のくせに女に飛びついたりして」と言った。私は「そうなのか、俺は男なんだ、男は簡単に女性に触れたりしてはいけないんだ」と初めて自覚したのであった。以来、私は軽々しく女性に飛びつくのはよそうと思ったのである。

校舎は戦前の木造校舎だった。冬にはだるまストーブが入り、朝、ストーブ当番の者は石炭と焚き付けの木片、新聞紙、マッチの大箱をもらいに行き、ストーブの灰をかき出し新聞紙を丸め、細い薪をくべ火をつける。薪に火がつくのを見計らって、石炭をくべる。そしてストーブの周りに金網を置くのである。当時の生徒は皆、家の仕事を手伝っていたので、ストーブの焚き付けぐらい朝飯前だった。先生が来られるころにはストーブは温かくなっていた。皆この金網に弁当をぶら下げた。冷や飯は昼にはほどよく温まって食べられたのである。しかし誰かが、おかずに沢庵《たくあん》を入れたりすると、教室中に沢庵の匂いがたちこめたものだった。

床も木造だったので、毎日授業が終わると皆で掃き掃除と雑巾がけをしてから帰宅した。そのころ、週番と呼ばれる生徒会のような各クラスから交代で学級委員が決められ、掃除の点検や放課後のクラスの点検をした。点検が済むと校舎の中央に集合して、六年生の生徒会長の号令で大太鼓をならし、皆で「ご苦労さまでーした」と唱和して「ドナウ川のさざ波」の音楽と共に帰宅するのであった。

小学校時代の一番の思い出は、三、四年生の時代である担任の石川先生が教育熱心な方で、子供の心を摑むのがうまく、やる気を引き出してくれた。とても厳しい先生だったが、愛情あふれる厳しさだと生徒の誰もが知っていた。私の現在の心の持ち方の基本はこのとき育まれたといっても過言ではない。私の個性を伸ばしてくださったのも石川先生のおかげである。

足袋

子供の頃の楽しみと言えばお正月である。元旦の朝、枕元には母の手で兄弟全員に新品の下着とセーター、ズボン、毛糸の手袋、そして足袋が揃えてあり、玄関には家族全員の下駄が新調してあった。

当時の暖房と言えば七輪の火鉢、赤く熾《おこ》した炭の入った黒い猫火鉢、やぐらを組み布団をかぶせた火燵《こたつ》だった。部屋が温まるには時間がかかったのである。だから冬は長袖のメリヤスのシャツと股引がかかせなかった。

暮れのうちに注文してあったのし餅を元旦の朝切るのは兄や私の仕事だった。七輪の火で焼けるのが待ち遠しくて、何回もひっくり返し、待ちきれず切れ端の餅を端っこで焼きながらかじったのを思い出す。全員がそろって食べるお雑煮は正月だけの特別の味だった。我が家の雑煮は餅は四角、濃い目の醤油味で鳥の出汁の関東風の味付けだった。大根は初めから入れて味の染み付いたのが我が家風であった。

お餅は少し焦げ目のついていたほうが香ばしくて私は好きである。そして何よりの楽しみは全員で「明けましておめでとうございます」と唱和してお雑煮を食べたあとのお年玉であった。自然と顔がほころんでくるのを抑え切れなかった。そして二日になるとお年玉を握り締めて町田までおもちゃを買いに行ったものである。

当時は木綿の黒足袋に下駄であった。洗い立ての足袋は裏返っていてごわごわしていて、よく揉んで柔らかくしてからつま先までしっかり裏返して指を入れてはいたことを思い出す。下駄の鼻緒が切れると、祖父は見てる間に手ぬぐいを裂いて手で縫《な》って鼻緒を挿《す》げてくれた。

祖父も父も仕事中は足袋に雪駄《せった》で、父は癌で入院するまで足袋を履いていた。最近になってアクリル製のやわらかい素材や底だけポリウレタン製、ポリエステル製などの新素材が売られるようになったが、当時一般庶民に買えるのは木綿の白足袋か黒足袋だけであった。

足袋を仕上げるのは、ある程度年季を積んだ職人でないときれいに仕上げられない、意外と難しい仕事であった。私も仕上げを覚えたてのころ、父や母の足袋で仕上げの練習をさせられた、まごまごしているとすぐ狐色になってしまう。きれいに仕上がったと思ってもつま先が開いているとやり直しである。女性の足袋はつま先が開くとだらしなく見えるので、つま先を閉じるように仕上げないといけないのだ。小さな足袋だが手順がありきれいに見せるコツがあるのである。

昔の人は自分たちの立ち居振舞いに、自分たちなりの秩序を持っていた気がしている。日曜日でも朝は着替えないで寝巻きでいると父にしかられた。全員、朝起きて着替えないと朝飯を食べさせてくれなかった。子供たちには寛大な父であったがこのことだけはうるさかった。修行時代遊郭の近くの店で仕事をしたことがあったそうで、そこで働いていた女性たちが洗濯物を持ってくるのだが、その中に紐の短い腰巻があったそうで、紐が切れたり浴衣の紐が短くなっているといやがって母に付け替えさせていたのを知っている。だからパジャマや寝巻きのままでいると「だらしない」といってしかられたのである。

ペニシリン

子供のころ、私は体が弱かったので、しょっちゅう医者が往診に来ていた。座間の星の谷観音の裏の梅本医院の先生である。

いつも大きなバイクで往診に来られた。黒い革の鞄を持った先生が来れば、必ず注射を打たれるとわかっていたので、先生の顔を見たとたん、私は大暴れしたらしい。暴れるだけならいいが、先生のことを「バカヤロウ！　コノヤロウ！」と知る限りの悪たれをついたらしい。そして手足をばたつかせ何とか注射から逃れようとしたらしい。しかし元軍医だった先生は見事なもので、私の腕をつかむと、あっという間に注射を打ってしまうのであった。

それまであんなに暴れていた私は、注射を打たれるとまったく静かになってしまい、「ほれ、さっきの元気はどうした」と先生に笑われてしまうのであった。そして先生は枕元の洗面器で手を洗うとバイクのエンジンも高らかにお帰りになるのだった。先生の来られるときのエンジン音は覚えているのだが、どういうわけか帰られるときの音はまったく覚えていないのである。

　病気になると私はいつも高熱が出たので、赤いゴムの水枕をしてもらった。初めは冷たいがだんだん生暖かくなり水枕が頭の下でタップンタップンしていた。

　注射はそのころ有名だったペニシリンやマイシンである。なかなか治らないと、叔母が「マイシンを打って下さい」とお願いしていたのを覚えている。そのころ私たち兄弟のめんどうは叔母がみてくれていたのである。病気になると両親に代わって看病もしてくれた。

　病気になってうれしいのは、母が作ってくれるりんごジュースが飲めることだった。りんごを擂《す》って布巾で漉《こ》した生ジュースである。なぜかこのジュースを飲むと元気がでてくるものだった。最近はあまり作らなくなったが、重湯《おもゆ》から三分粥、五分粥となっていくのもなんとなく覚えている。

　小学校に上がっても、しょっちゅう学校を休んでいたような気がしている。体が弱く貧弱な子供だったので、よくいじめに遭った。そんなときは頭が痛い体がだるいと言っては、休んでいたようだ。午前中寝ていて昼飯のころには元気になっていたが、両親は何も言わないでいた。そうなると自分では後ろめたい気があって、次の日には元気になって出かけていったのだった。

陸軍官舎

キャンプ座間には米軍が進駐するまで陸軍士官学校があった。その士官学校に天皇陛下が来られるときにできた道路が、現在の行幸《ぎょうこう》道路と呼ばれている町田からキャンプ座間までの広い通りである。

その関係で座間や相模原には士官学校にゆかりのあるものが残っていた。相模原の新戸村には陸軍士官学校に納めていた「士官桜」という銘柄の日本酒を造っていた造り酒屋があった。私の家のまわりの住宅も元は士官学校の官舎である。

この地で商売を始めたのは、たまたま疎開先が祖母の実家がある座間だったからである。父が復員したので、一家はまた戦前いた品川に戻るつもりだったのである。

まだ戦後のどさくさで世の中が混乱していたある日、村長が米軍のMPと警察署長を引き連れ我が家にやって来た。聞けば洗濯屋を探しているという。祖父と父は半ば強制的に基地の中で仕事をさせられたのだった。しばらくは食料は何でもあるし、公務員と同じ扱いのため、八時間労働、たっぷりした休日など労働条件はそれまでの日本のとは格段の差であった。前にも書いたが、農家のおばさんと給料が同じだったため仕事をやめてしまった。

アイロンを持って出て行こうとしたら、そのアイロンは置いていけと言われたそうだが、「冗談じゃねー、これは俺のアイロンだ」と言って持って帰ったという逸話が残っている。米軍の命令は絶対の時代、祖父と父は戦前アメリカ大使館の仕事をしていたので平気だったのかも知れない。

きちんとした仕事をしてくれていた職人がいなくなったため、米軍の憲兵隊が荷物を自分で運ぶから専属で仕事をしてくれと言ってきた。しかたなく現在の場所でまた米軍相手に始めたのである。始めは家の南側の廊下を改造して火熨斗場《ひのしば》にし、前庭に洗い場を作り少しずつ広げていった。その後、憲兵隊専属は不公平だと言われ、一般の兵隊のものもやることになったのである。

ここの住宅は戦前は陸軍の官舎だった。台所は土間で、薪で炊く竈、風呂場に男と女便所、四畳半と六畳、床の間、板の間の廊下、玄関が真ん中にあり、二畳の板の間があった。同じ間取りの家が近所に一〇件ばかりあった。子供のころは家と家との境などなく自由に行き来できた。垣根の隙間から隙間へ隣に行き来できたので、家から家を回って学校に行っていたのである。登校時間にはラジオから「♪緑の丘の赤い屋根、とんがり帽子の時計台」の歌が流れていたころの話である。

シャンプー

テレビのＣＭで若い女性がサラサラの長い髪をスローモーションで回転させながら見せるのがあるが、本当に一本一本がつやつやしていて美しい。時々街中を歩いていてこれと同じようにサラサラの髪の女性にお目にかかることがある。平安時代から女性の長い髪は美人のシンボルとなっていて、烏の濡れ羽色というくらい真っ黒で長い髪が良しとされてきた。せっかく黒くて美しい髪をお持ちなのに、派手な黄色に染めておられる方がいらっしゃるがもったいない気がする。

娘たちがいたころ、風呂場には実にさまざまなシャンプーやらリンス、トリートメントなどが置かれていた。私の頭には必要のないものばかりなので、シャンプーぐらいしか使ったことがなかった。

私が子供のころにはシャンプーなど無くて化粧石鹸で洗っていた。祖父と一緒に風呂に入って「爺ちゃんの頭につかまっていろ」と言われて体を洗ってもらったことを思い出す。シャンプーを初めて使ったのはいつ頃だったか定かでないが、薄い薬のパックのようなもので、破ると緑色のドロッとしたゼリー状のものだったのを覚えている。このシャンプーは合成洗剤の一種である。その後開発が進んで現在にいたっているが、石鹸は昔のままである。石鹸で洗うとすすいだ後かさつきがないから、後でリンスなどする必要がない。これはシャンプーのほうが洗浄力が強いためである。私は普通のシャンプーを水で一〇倍に薄めて使っているがこれで十分洗える。

洗濯の場合もそうだ。最近ではあまり粉石鹸を使おうというキャンペーンがなくなったが、石油から作られる合成洗剤に比べ、石鹸は椰子油などの天然に有る物質から作られているので、排水が川や湖に流れ込んでも汚染されない傾向にある。粉石鹸でタオルや下着を洗うと洗い上がりがふんわりしている。これが合成洗剤と違うところだ。石鹸で洗った物には柔軟剤は必要ないのである。

話は変わるが私の高校時代からの親友で歯科医をしている男がいる。彼が独身のころ、遊びに行った。彼は診察が終わって仕度をするから待っていてくれと言った。すると彼は診療室の中にある流し台のところに行って、湯沸かし器から湯を出しながら洗髪しだした。頭を湯で濡らすと化粧石鹸で頭を洗い出したのだ。私は子供のころ自分がやっていたのと同じ光景をあれから三〇年近くたって、目の前に見たのでおかしくなってしまった。石鹸で洗ってどこが悪いんだと言っていた。彼は物事の本質を見抜く目を持っている男で、彼の言ったことは正論なのである。

相模の大凧

座間と相模原の地域では五月の田植え前の行事に、子供の成長と豊作を願って大凧を揚げるお祭りがある。現在では両地区とも相模川の河川敷で開催されているが、かつてはそれぞれの部落ごとに、レンゲが咲く田んぼで行われていた。

私の家の真ん前でも上宿の凧があり、中宿、下宿、河原宿とその地域ごとに大きな凧を作ってお互いのでき具合を競っていたのである。大凧は太い孟宗竹を組み合わせて造るのだが、ひと月ほど前から準備に取り掛かり骨組みを造る。でき上がった凧をよその地区の者に悪戯されないように、「凧番小屋」という小屋を作って交代で泊り込み、番をするのである。このとき若い衆は先輩たちと酒を飲みながら交流を深めるのであるが、ときにははめをはずすこともあった。

大凧は隣町の相模原の新戸、磯部でも揚げていた。新戸の大凧は相模線の横で行われていたが、そこへ行くまでの相武台下駅の線路縁にはたくさんの露天商が店を出していた。露天商が好きな私は、隣町ではどんなものかと見物に行ったことがあった。

いろいろな的屋が並んだ終わりの方に広々とした空間が空いていた。その空間の真ん中にみかん箱が一つ置いてあって、その上に髑髏《しゃれこうべ》が置いてある。なんだろう？何が始まるのだろう？　と見ていた。三々五々人が集まりだしたころ、その髑髏の持ち主と思しき男があらわれ、竹棒で髑髏を中心に大きな円を書き出した。「さあさあ、下がって下がって、この丸の中入っちゃいけないよ」「いいかな、今からワシが呪文を唱える、するとこの髑髏がしゃべりだす」「御用とお急ぎでない方はよーく見ていきなさいよ」と言いながら、いろいろな包みを広げだし、そして何やら生活用品を売り出した。しばらくいろいろな品を売っては、また最初に戻り円を書き、「さあさあ、下がって下がって」とやりだすのであった。私はいつになったらあの髑髏がしゃべりだすのかと、わくわくしながら丸の一番前にすわって頬杖をついて見ていたが、とうとう最後まで髑髏はしゃべりださなかったのであった。いわゆるフーテンの寅さんのような仕事をする人であったのだ。

いまでもしゃべりで飯を食っている人はいる。デパートやスーパーで一週間ほどにわかな店を開き、包丁や毛玉取りなどを売り歩く人たちである。今ではテレビショッピングなどでもやっている。どういうわけか、あの人たちが売る野菜カッターや横腹に穴の開いた包丁はよく切れる物ばかりだが、まだ買ったことがない。

環境ホルモン

一時期あれほど騒がれていた「環境ホルモン」だが、最近はあまりニュースに現れなくなった。これは地球温暖化と同じく改善されないと非常に恐ろしい問題である。一九九六年、シーア・コルボーンらがその著書『奪われし未来』で警告した放射能と同じように目に見えない。その影響がすぐ目に見えて現れない。何世代か後、あるいは二世代目に現れる。五〇年、八〇年という長い時間を経て影響を及ぼすのである。この物質についてはこの紙面では語りつくせないので、専門家にゆだねることにさせていただく。

昭和の三〇年ごろの夏、田んぼの畦《あぜ》を歩くと、左右に飛び出す数えきれない蛙がいたが、現在ではまったくといっていいほど蛙の姿を見ることができないのだ。蛙やイモリは両生類で、変態する生物である。卵からおたまじゃくし、やがて手が出て肢が出、尻尾が消える。この一連の変態は、生物の生まれたときから持っている生殖ホルモンの作用によって行われるのである。

蛙がおたまじゃくしから変態するとき、偽のホルモンに触れると変態のスイッチが間違って入ってしまう。すると行われるはずの変態がスイッチが入ったのに行われずそのままになってしまい、死んでしまうのである。

農業や合成洗剤などの多くは化石燃料のナフサから合成されできた物質であり、これらの物質の多くに「環境ホルモン」、正確に言うと「内分泌攪乱物質」が含まれている。生物が必要とする生殖作用にはホルモンが必要なのだが、環境ホルモンは、本物のホルモンに似た性質を持っている。

同じ水の中に住む同一種類の生物は、種の保存ができず途絶えてしまうことになるのである。蛙だけではない。親がこの物質で汚染されると卵に影響し、すべて雌の卵が産まれたりするのだ。これは地球上の全生物に影響することで、蛙に現れたことは、我々人類が属する哺乳類にも影響が出るのである。雄の雌化がアメリカの川に生息するワニに現れたことを、アメリカの生物学者が突き止めていることは、その著書にも著されている。

「塩化ビニール（略して塩ビ）」（無色の気体。エチレンと塩素から塩化エチレンを合成しこれを熱分解して製する。塩化ビニール樹脂の原料）という素材でできている衣服がある。冬場の警察官用の外套などのコートやスポーツバッグなどに使われている素材である。一見、皮のコートのように見え、皮に比べ安価なのと風や雨を通さないのでいろいろなところで最近よく使われている。

この塩化ビニール（塩ビ）製品をクリーニングするときは、要注意である。製造年月日を見て、いつ頃製造されたのか確認しなければならない。現在は製造方法が違うのだが、製造年月日によっては、洗濯絵表示にはドライクリーニング可能、と記されているからだ。この絵表示の通りにドライクリーニングして乾燥すると、極寒のシベリアで、水にぬれた手ぬぐいが、あっという間にカチンカチンに凍ってしまうのと同じように、カチカチになってしまうのである。これは塩ビの製造過程での材料に関係がある。塩ビは製造過程では硬い塊となってできる。それを細かく粉状にする。そこに加脂剤を加えるとどろどろな液状になる。それを薄く繊維状に延ばしたのが、塩化ビニール（塩ビ）の布地なのである。

この加脂剤は油性なので、ドライクリーニング溶剤に溶解する性質がある。この加脂剤を使った塩ビのコートやジャンパーを、ドライクリーニングすると、加脂剤が溶剤に溶け出してしまい、カチカチになってしまうのである。そして加脂剤を加えるとまた元に戻るのである。

一九九九年の製造品まで、この加脂剤にはフタルサン・エステルという物質が使われていた。この物質は一九九九年から世界的に規制されるようになった。特に三歳以下の赤ちゃんのおしゃぶりや子供用塩ビ玩具と乳幼児の育児品への使用は禁止されたのである。実はこの物質こそ、内分泌攪乱物質なのである。

第二次大戦中、ドイツで始まり開発されてきた化学物質だが、今までどれだけ多くの危険な物質が、多くの研究室で合成、開発されてきたのであろうか！

水俣病のドキュメントを見たが、悲惨である。蛙に起きたことが、実際に人に起こったのだ。今でも訴訟が一部継続中である。

我々は日常なにげなく暮らしを営んでいるが、知らず知らず環境汚染に手を貸してしまっていることがあるのである。ゴミの分別もそうだ。低温で燃焼させると完全に燃え尽きないで発生する「ダイオキシン」は発癌性物質である。これらの危険な化学物質が公表されたのはつい最近のことである。今までこのことを知らされず幾人の人が、動物、生物がこの世から抹殺されてしまったことか。戦争や災害で一度に何万の人が死ぬとすぐ問題になるが、じわじわと人や生物が消滅していくことは意外と気づかない。恐ろしいことだと真剣に考えなくてはいけないことだと思う。

紙芝居

第二次大戦後の物がない時代、子供たちの楽しみは週末にやってくる紙芝居屋であった。初めのころ来ていたのはカチカチと拍子木を打ちながら町内をひと回りしてから始めていたが、あるときから大きなドラムをドンガラ、ドンガラと鳴らしながら回ってきたので、私たちは「ドンガラガッタ」が来たといって駆け出して行き、ハーメルンの笛吹き男についていった子供のように後をついて行った。

紙芝居屋は近所の国鉄の寮の広場に自転車を止め、紙芝居の道具をセットして準備をするのである。始める前に必ず大きな引き出しを開けて、いろいろな駄菓子を売り出すのである。普段近所では売ってない珍しいお菓子や当てくじがあったのでとても楽しみだった。このお菓子を買わないと紙芝居は見てはいけないことになっていたので、おじさんは大きな声で、「さあさあ、お菓子を買わない子は見ちゃいけないよ」と言って、売り出すのである。しばらく駄菓子を売ると、紙芝居が始まるのである。お金がない子供たちは後ろの方で眺めていた。しかし紙芝居が始まると自然と声が聞こえ、絵が見えるところまで近づいてきてしまうのだが、紙芝居屋のおじさんは、それ以上はしからなかった。みんな生活が苦しいことがわかっていたのだった。

売っていた駄菓子は、子供たちの小遣いの五円、一〇円で買えるものばかりで、水あめ、ソースせんべい、梅ジャムせんべい、イカ足、ニッキ水、ニッキの根、型抜き、黄な粉棒、大きい飴玉、都コンブ、まだまだあったのだがこれ以上は思い出せない。

水あめは割り箸に付けてくれるのと、それにせんべいを一枚貼り付けてくれるものがあった。割り箸を割ってくるくる回すと、水あめに空気が入ってだんだん白くなってくる。一番白くなった人には水あめをもう一つくれるのである。せんべいの付いているのを買った子はそれをくだいて水あめにまぜるのである。するといろいろな色に変わるので、小さな子はみな羨望の眼差しで眺めていた。型抜きもきれいに抜けるとご褒美がもらえた。

この紙芝居の出し物は、黄金バット、鞍馬天狗、怪傑黒頭巾などの連続物で次が待ち遠しくなるようにできていた。この紙芝居屋もテレビの出現とともに消えていったのであった。私はしばらくなぜ紙芝居屋が来なくなったのかわからず、とても寂しい気持ちがしたのを覚えている。

蝗《いなご》の佃煮

父と一緒に仕事をしていた昭和四〇年頃、御用聞き回りで農家に行ったとき、ちょうどお三時をしていたのに出くわした。

「あら、一緒にやらない」と奥さんが声をかけてくれた。若いころで遠慮していると親父さんが、「いいじゃぁねぇかよう、たまには」と茹で上がった枝豆を下さった。「じゃあ遠慮なくいただきます」と言って口に入れた。なんとその味のいいこと。おもわず「うまい！」と言うと「もう一つどうぞ」と手の上に乗せてくださった。

このとき初めて農家の枝豆の味を知ったのだが、なぜ農家の枝豆がおいしいのかわからなかった。特別な栽培の仕方をしているのだと思っていた。採り立ての豆類をすぐ茹でて食べるとどれもおいしいということを知ったのは、ずいぶん後の事である。

しかしいつもこう、うまい話ばかりではない。あるときまた農家のお三時にぶつかった。「やっていきなよぉ」と出されたのは蝗《いなご》の佃煮だった。

蝗はバッタである。それを食べるのだから良く煮込んであるといっても、外国人が見たらよほどの奇習に思われるに違いない。日本には各地に昆虫を食べる習慣がある。長野県の蜂の子やゲゲ虫もそうだ。それらは物のない時分、貴重な動物蛋白の補給源だったのである。

蝗の佃煮は我が家でも作って食べていたので平気なのだが、このときは違っていた。我が家では蝗の佃煮は母が作っていた。砂糖と醤油で甘辛く煮込んで佃煮にしてくれた。しかし私は一つか二つ食べるのがやっとだった。どうも遊び相手を食べるのは気が引けてあんまり食欲がわかなかった。だが、このとき農家で頂いた蝗の佃煮は我が家のと違って、それはまるでまだ生きているように緑色でまだ肢もついていた。いつもは世間話などするだが、このときばかりは「すいません、今日は急ぎの用事がありますので失礼します」と言って、蝗をティッシュに包んで早々に帰ったのだった。

外交に行ってうかつなことは言えない。まだ独身のとき、冗談で「子供が幼稚園に行ってます」としゃべったことから、その話が広まってあちこちで、やれお菓子を持っていけだの飴を持っていけということになってしまった。

あわてて最初の家での話は冗談なのだと説明して回るはめになってしまった。しかしお得意様というのはありがたいもので、結婚したとき、本当に一人前と認めてもらえたのであった。人から信用されているのだとわかると、もっとしっかりまじめにやらなくてはと思ったのであった。

ミニスカート

外国旅行したとき、街を歩くとどうしても同業者の店が気になってしまう。開いている店があれば、うまくいくと見学させてもらえることがあるので必ず覗くことにしている。

米国テネシー州のスマーナ市は座間市の姉妹都市である。何度か遊びに行ったとき、同業者の店を見学させてもらった。娘が英国に住んでいたときには、いつも利用するクリーニング店を見せてもらった。香港やマカオでも見学させてもらった。

日本のクリーニング店と外国の店との違いは、その成り立ちに違いがあるようだ。日本にクリーニング店が一般大衆に普及しだしたのは、第二次大戦後である。それまではオーダーメイドが当たり前の衣料品が、大量生産の発達と共に、安価な価格で販売されるようになってからである。

そして戦後の日本の悪い衛生状態から、国民の衛生を清潔にするという役目を担ってきたのである。つまり汚れをおとしてきれいにする仕事というスタートである。

それに比べ欧米などではもともと洋服の国であるから、洋服の手入れをする仕事という成り立ちがある。そのためクリーニング店に入ると、洗濯物の受付をするカウンターの横にミシンが置いてあり、洋服の修理を受け付けるのが当たり前になっている。

当店でも昔から洋服の修理は受け付けている。これは明治から仕事をしていたのと外国人のお得意先があったからであろう。日本では洋服のリフォームというが、外国ではアルタレイションと言う。最近このリフォーム産業が人気となっている。エコブームとかで国民の認識も高まりリサイクル、リユースがさかんだ。洋服のサイズ直しやファスナーの交換、裏地の交換を承っている。靴の修理もしている。かかとの底の取替えなどである。その他、日焼けした服や革製品の色の復元もしている。

英国の体の細い女性モデル、ツイギーがはいて来日し有名になったミニスカートが流行っていたころ、お客様のお嬢さんが英国に留学して、プライベートスクールの寄宿舎に入った。制服を誂えたときスカートの丈をミニスカート並に短くしたとか。今から三〇年も前の話だが、日本人の体系にはミニのほうがバランスが良いのだそうだ。

そう言えば最近、女子高生からスカートの丈を一〇センチ詰めてほしいという修理が多くなったのはそのせいかもしれない。今や日本の女子高生のファッション感覚は世界に影響を与えるほど敏感なのである。

ユーペーナー

我が家に外国人アレルギーがないのは、第二次大戦後に米兵相手の仕事をしていたからに違いない。当時の兵隊たちは、日本軍もそうであったように、召集されて兵隊になった普通の人々であった。中には故郷に帰るとホテルのオーナーであったり、牧場主であったりする人たちがいた。

そんな彼らが普通の人にもどる休日には、我が家に遊びに来た。釣り好きの者は自慢の釣り道具を持ってきて見せてくれた。それは私たち子供が見てもすばらしい物であった。渓流釣りの釣り針のコレクションだった。色とりどりの何百種類もの釣り針がケースにきれいに保管されていた。

写真が趣味の兵隊は、故郷で撮った写真をスライドで見せてくれた。アリゾナの砂漠に沈む夕日やイエローストーンの四季、それぞれのすばらしい自然の営みなど初めて見る光景であった。彼らは私たちを自分の子供のように可愛がってくれた。そのころ、我が家ではチョコレートは言うに及ばず、いろいろなアメリカのお菓子やチーズ、バター、はては洋モクまで不自由しなかったのである。

ドライクリーニングの溶剤がないというと、翌日にはガソリンのドラム缶がすぐ届くのである。悪知恵の働く物ならひと財産できただろう。しかし実直な父はせっかく手に入ったガソリンも自動車を持っている人に安く譲ってしまうのだった。

最近叔母にこの話をしたら、米軍基地の労働者が手に入れたウイスキーやタバコを父に売りつけ、それを遠方から買い付けに来る者がいたそうで、父は一度、憲兵隊に基地の中に連行されたことがあったそうだ。母や叔母たちは父が捕まって、我が家もおしまいだ、父は沖縄に連れていかれる（当時は米軍横流しは禁じられていて違反した者は沖縄の牢屋に入れられると信じられていた）と思っていたそうだ。キャンプ座間の憲兵隊に連れていかれた父は、憲兵隊長に米軍物資を我が家に持ってきた兵隊は誰かと聞かれたのだが、「皆店に来ているお客の兵隊なので、私は英語がわからないから、何をしゃべっているのかわからない、どこの誰だかまったくわからない」と言い通したのだそうだ。

名前を出せば、皆捕まるのだが、父は絶対しゃべらなかったので、憲兵隊長が「お前の言うことはわかった」と言って無罪放免となり、また商売をすることができたのだった。

兵隊たちの受付伝票には、名前は記入しなかった。すべて兵隊たちの認識番号と言う記号を記入していた。

テレビ映画「コンバット」でドイツ軍の捕虜になった米兵たたちは名前を聞かれても、U123Aのような認識番号を言うだけであったのを、ご存知の方もおありだろう。

当時我が家には二〇代の若かりしころの独身の叔母がいたので、若い兵隊たちはモーションをかけてきたそうだ。後年、母と叔母が「あのU123Aはハンサムだったね」などと言っていたのを聞いたことがある。

受付は片言英語であったが、明後日を伝えたかったら、ツモローを三回言えばよく、カレンダーを指差せばいいのである。兵隊たちがじょじょに本国に帰り始め、だんだん素行の良くない兵隊たちが増えてきて、父は通訳に聞いて必要な言葉は覚えていた。勘定を払わない者には、「ユーペーナー」つまりユー・ペイ・ナウ、「すぐ勘定を払え」と言う意味である。中にはかっとなってナイフを振りかざす者も出てきたので、これ以上アメリカ軍の仕事をするのはやめようと「ZAMA　LAUNDRY」から日本人相手の「神山クリーニング」にもどしたのであった。

それから三〇年ほどたったある日、一人の老齢のアメリカ人が我が家を訪ねてきた。父はいるかと聞くのでいや二年前に死んだというと、とてもがっかりしていた。当時我が家に遊びに来ていた兵隊だった。

昭和25年、客の米兵と仕上げをしている父

青空劇場

学校で皆が「青空劇場」を観にいくと話していた。何のことかわからない私は、「それ何のこと?」と友人に聞いたら、中宿の空き地に白い幕がかかっていた話をしてくれた。今夜、家族とそこで映画を観るのだという。映画は当時人気の美空ひばりと東千代之介、中村錦之助の映画であった。我が家はそれほどではなかったが、隣のK宅は大のひばりファン、また時代劇ファンであったので、一家で観にいくと昼間からさわいでいた。

当時、座間には小さな芝居小屋があったが、私の家では誰も行ったことがなかった。隣町の新戸にも芝居小屋はあった。しかし映画を上映するには小さかったのか、戦後の復興期、田舎の町で、映画の上映は久しぶりのことで、大勢の人々が「青空劇場」を観にいったのだった。私も隣の家族と一緒に観にいった記憶があるが、後ろの方で背が小さい子供にはまったく見えなかった。ただ前の人の背中が白かったのしか記憶にない。

それからしばらくして、青空劇場はなくなって、公民館で映画が本格的に上映されるようになった。映画がかかるようになると、座間の大通りにポスターが張り出されるようになった。当時は検閲が厳しく男女の恋愛映画でもキスシーンはなかった。それでも私たち子供にとっては、映画のラブシーンはかっこうの遊びの対象だった。ポスターの男女の顔と顔の間にいたずら書きを書き込んだりして、ひやかしたりしていた。

当時は映画が始まり、人気俳優の名前が出ただけで拍手がおこった。それだけ皆が娯楽に飢えていたのである。現在ではロードショーは一本と近日上映の予告であるが、二本立てか三本立てで間にニュースと予告が入った。映画の上映は映画技師がおこなっていたが、時々画像が乱れると、早く直せと野次が飛んだ。

現在でもそうであるが、東映の映画では始まる前に海で波が岩にぶつかるシーン、MGMの輪の中でライオンが吼えるシーンは昔と変わっていない。今はなくなったが、ニュース映画の始まりのシーンでは大きなキャメラが回転するシーンなど懐かしく思い出される。

その頃ではめずらしかった八ミリ映画を相武台の伯父がどこからか手に入れてきて、子供たちに見せてくれた。しかし、子供たちが寝てから大人の時間が始まるのだった。

伯父はハイカラで三味線も弾いた。庭にミニチュアの山や川を作り、お風呂には露天風呂のように岩があった。正月には獅子舞を舞うと、田舎の年寄りたちに「よく来てくれた」と、とても喜ばれていたのを思い出す。

街頭テレビ

毎日ねじを巻く柱時計がある六畳間に、兄弟三人と叔母が川の字になって寝ていた。一番下の弟は産まれたばかりで母と一緒に寝ていた。寝るときは、朝着る服を着る順番にきちんとたたんで枕元に置いてから布団に入った。いつまでも兄弟でふざけあっていると叔母から遠慮のない拳骨《げんこつ》がとんでくるのだった。ストーブなどなくて本当に寒く冷え込んだ日には湯たんぽを入れてくれた。足が暖まるのがうれしかった。

畳の部屋を掃除するときは、お茶柄を撒いてからハタキで障子の桟や家具の上を叩いて埃を落とし箒ではいた。茶殻がないときには新聞紙を水で濡らし千切って茶殻の代わりにした。時々固く絞った雑巾で畳を拭いたりした。

我が家にテレビが来たのは小学校六年生ぐらいのときだったか、良く覚えていない。テレビの前にはエンジ色のビロードの幕があり、縁には金色の総《ふさ》があった。当時は一日中放映はしていなくて、放送のないときや見ないときには、劇場の緞帳《どんちょう》のように、この幕を下げておいたのである。テレビが来るまでは、楽しみはラジオだった。真空管式で、古くなって時々音が途切れると、横っ面を引っぱたく、そうするとなぜかまた音が聞こえ出すのである。

私の好きだった放送は「ヤン坊ニン坊トン坊」「私の秘密」「とんち教室」「三つの歌」「ゴジラの逆襲」「紅孔雀」「笛吹童子」などであった。外で遊んでいてもその時刻近くになると、家路を急いだものだった。

夏になると我が家ではナイター放送を楽しんでいた。高校野球が始まると店では実況放送を聞きながら仕事をしていた。私も高校野球の大ファンであるが、私の父も野球好きで、関西で修行時代は高校野球を甲子園球場まで何度も観にいったそうである。今私の息子も大の巨人ファンで甲子園球場まで観に行っているが隔世遺伝だろうか。男ばかりの一家で野球ファン、野球を知らなかった母は、私たちが学校から帰って、「長島はホームラン打ったか?」などと聞くと、だれだれが満塁でヒットを打ったなどと解説できるまでになっていた。

テレビジョンの放送が始まってしばらくは、一般家庭にまだテレビは普及していなかった。人々は皆んな電気屋の前に集まり、街頭テレビで力道山のプロレスに夢中になっていたのである。テレビは裕福な家から徐々に普及していった。そして徐々に子供たちの心も奪っていったのである。

明治の漢

クリーニング業の店を出すには、クリーニング師という国家資格を持っていないと店を出すことができない。クリーニング師は厚労省管轄の国家資格である。そして該当する地域の保健所（現在の厚生労働省保健福祉センター）の認可の元で営業できるのである。現在、ドライクリーニングの営業問題となっていることは、ドライクリーニングをするときに使用する溶剤で引火性なものは、工場地域以外では防火上許可されないからである。といっても、法律ができる以前より多くの店が商売をしていたので、当店を含め現在の法律に適合しない店は「不適合店」という仕分けになっている。既得権である。

クリーニング師が厚労省管轄なのは世界中で日本と韓国だけで、欧米他は経産省管轄である。日本の場合、第二次大戦後の結核や伝染病の蔓延から、不特定多数の人間が出入りする食堂、理美容、銭湯、旅館、映画館などと同様に衛生管理という面から多数の衣類が持ち込まれる洗濯業も管轄が厚労省になったのである。そのため国家資格を持つ者が営業できることとなり、定期的に保健所が衛生状態の検査を行っている。

私の祖父と父はこの法律ができるずっと前からこの仕事をしていたので、そういう人たちには届けを出すだけで免許がもらえたのだが、「何がいまさら免許だ」と言って申請しなかったのである。

現在の同業組合が座間にできて父は初代の組合長だった。長年公の仕事に従事したものは関係の省庁から表彰を受けるときがあるが、県知事賞まではもらっていたが、厚労大臣表彰のときになって国家資格がないことがわかり、表彰は取りやめになったいきさつがある。

私が後を継いで免許を取るまで我が家には一人も免許を持った者がいなかった。しかし一軒に一人免許を持った者がいればよかった。うちでは従業員皆に免許を取らせていたので営業はできたのである。

父は明治の終わりの四〇年の生まれであるが、やはり明治の漢であった。バイクに乗るにも風格だけで乗っていた嫌いがあった。もちろん無免許だ。一度も警官に止められたことがなかった。今から思うとよく事故を起こさないでくれたと思っている。生来が生真面目一本に生きた男だったが、この俺がまじめにやっているのだから文句ないだろうという節があった。私たち子供は「人を騙すな、騙されても騙す人にはなるな」と教えて育ったのだが、この法律だけは欺いていたようであった。

お辞儀

オバマ米国大統領が来日されたとき、天皇陛下と握手されているシーンが報道されて話題になった。米国大統領として頭を下げすぎだと、本国の新聞に書かれたそうだが、私はオバマ大統領の人間的な優しさが感じられるなごやかなシーンだと思ったし、日本では背の高い大統領が陛下に合わされたのだ、ということで何も問題にならなかった。

お辞儀といえば、座間の通りに警察署があったころ、その入口に歩哨《ほしょう》に立っていた若い警察官の前に、一台の乗用車が止まり、窓が開いて道を尋ねる光景に遭遇した。

車の中から道を尋ねる人に対して、その警察官は「人に道を尋ねるときは、車から降りて聞くものだ」と言った。すると、助手席から年配の女性が降りてきて、警察官の前でうやうやしく最敬礼をし、「少々お尋ねしたいことがございますが、道を教えていただけますでしょうか」と言った。あまりに丁寧なご婦人の仕草に、警察官は恐縮し、さっきのは言いすぎだった、と言う風に照れくさい顔をして道を教えていた。

私が小学生のころ、学校にはまだ戦前の教育が残っていた。道徳教育というのがあったし、体育の授業では軍事教練のように、一糸乱れぬような行進の練習もあった。整列の仕方、挨拶の仕方にも厳しいところがあった。前へ習えでは少しでも曲がっていると注意を受けた。卒業式の練習では何度もお辞儀の仕方を直された。上手にできなかったり、間違えて舌をぺろりと出した友人は、皆の前でこっぴどくビンタをもらった。まだ見せしめ風な戦前の教育の嫌な部分があったのである。

英国へ行ったとき、バッキンガム宮殿のイギリス近衛兵交代の儀式を見ることができた。おもちゃの兵隊そのままに真っ赤な制服、黒く背の高い熊の毛皮の帽子で、一糸乱れぬ動きをしていた。兵舎から宮殿までパレードのコースであるが、私は出発の前の兵舎での準備を見学した。服装の検査、軍楽隊の演奏、行進の仕方すべてが指揮官の号令の通り、ビシッビシッとした動きである。

行進が始まると、先頭を行くリーダーは音楽教科書に出ている、バッハがかぶっているような金髪のかつらを付け、金色の刺繍や金モールで飾られた古式ゆかしいコートを着て胸を張って歩いていた。指揮者は私と目が合うと一瞬照れたような顔をしたが、すぐまた胸を張って前を見据えて行進していった。

余談だが、この帽子一つ作るのにカナダ製で一三万円かかるそうで、動物保護団体から化学繊維に変えるように言われているのだが、まだ作っているそうだ。

呼び出し電話

我が家に電話が引けた頃、一般家庭すべてにまだ電話は普及していなかった。電話がない人の名刺には電話「何々様方呼び出し」などと書かれていた。当時の家庭の電話は皆黒で右側にハンドルがあって、それを数回まわす。すると交換手が出るので「市内何番お願いします」と言うとつないでくれる。県外の場合は「東京お願いします」と言うと東京の交換台に繋いでくれるので、品川の何番というような具合である。

近所の人やお客様が借りに来ると、交換手に「記録願います」と言う。それから相手につなぎ、話が終わると交換手から電話がかかってきて、「今のはいくらでした」と知らせてくるので、その料金をもらうのである。

家の前の道路を直線道路にする工事中のある日、アメリカ兵と一緒の日本人女性が青くなって飛んできた。聞けば車が土手の下に落ちたらしい。助けを呼ぶから電話を貸して欲しいという。いつものように掛けると、彼女はよほどあわてているらしく、仲間に事の次第を話し出した。「たいへんなのよ、車が土手から、オチコッタノよ、オチコッタノよ」と叫んでいた。私は可笑しくて仕方がなかったが、気の毒なので必死に笑いを堪えていた。本人にしてみれば大事件で、大声で電話に叫んでいたのだった。

そのころは電話の加入順に番号が決められていたので、現在の我が家の電話番号〇二〇一は二〇一番目に引いたことになる。大塚同人会長の糀屋は〇〇二七番だから、かなり早く引けたことになる。

昔の交換手は親切であった。番号を問い合わせると、「その番号ではお届けがありませんね、こういう名前ではないですか」などとそれらしいのを教えてくれた。それにくらべ現在は有料になったにもかかわらず、「そういう番号はお届けありません」でおしまいだ。有料だから何度でも掛けてくれということらしい。

電話といえば兄の留守番を思い出す。当時、大学生だった兄に留守番を頼み出かけたのだが、そういうときに限って問題のある電話がかかってくるもので、兄は初め丁寧に「留守番だからわかりません」とだけ言っていたが、何度も何度も同じ事を言わされた。あまりに相手がわからないので、兄は切れてしまい、「だからさっきから留守番だからわからないって言ってるだろう、この馬鹿」と言ってガチャンと切ってしまったのである。翌日私があやまりにいくと、あら、お兄さんだったのと言われたが当然のことながら取引は終了となったのであった。

蒸気機関車

昭和四二年に国鉄がＳＬを全区間廃止して、相模線の列車はＳＬからディーゼルカー（私たちはガソリンカーと呼んでいた）に代わった。貨物用にはＳＬのＣ61やＤ58がまだ走っていた。このＳＬ蒸気機関車は今でも多くの人に人気があるが、それは人の呼吸にも似た排気音と心臓の鼓動のようなエンジン音を発生させるからだと思う。

家の前から線路が見え、朝から晩まで機関車の動きを見ながら育った。これから駅に入っていくぞ、というときの、「ピーッ」と言う合図の汽笛、構内で入れ替えのときの「ピッ」という短い合図、大きな車輪が空回りする音、シュッシュポッポという蒸気の音は機関車が呼吸をしているようで、静かな電車にはない人間的な趣がある。夕暮れになって踏切から駅の構内を見ると、赤や青のライトが印象的であった。

弟と一緒に父と町田に買い物に連れて行ってもらったことがあった。小田急線で町田に行き、父は寿司屋で握りずしを食べさせてくれた。父は女六人男一人の兄弟だったので、自分の男四人の子供ができてとても喜び、一度子供たちと寿司屋の飯台に並んで寿司屋の握りを食べたかったのだそうだ。弟はかっぱ巻きを頼んだ。しかし、「へい！お待ち！」と目の前に長いままのかっぱ巻きが出てきたので、私たちはびっくりした。それまで小さく切ってある海苔巻しか食べたことがなかったので、弟が「ぼく小さく切ってあるのがいい」と言ったのを覚えている。

日頃、父が町田に買い物に行くと決まって揚げ物屋でいろいろな種類のさつま揚げを買ってきてくれた。座間にはそんなにたくさんの種類はなくて、まして目の前で揚げたてを包んでくれるものはなく、私たちはこの揚げ物屋の揚げが大好物であった。その時も帰りにここでいろいろな種類の揚げをお土産に買った。

どうしてか覚えていないが、帰りは小田急線ではなく横浜線橋本回りの相模線で帰った。しかし列車は上溝まで来たところで止まってしまった。いくら待っても動かない。

腹が減ってせっかく買ったお土産のさつま揚げを弟と一つまた一つとすべて食べてしまった。列車はもう来ないというので、三人で線路の上を歩いて帰ったのを思い出す。

その頃相武台下駅には客車用と、貨物専用と二つのホームがあった。貨車用のホームには主に米軍専用で、毎日次から次に大量の物資が届き、日本人の作業員が荷物の積み下ろしに大勢働いていた。駅前には労働者相手の小さな飲み屋ができ、赤ちょうちんの屋台、タバコ屋があった。

大勢の労働者に憩を与えていたその界隈は、現在建売りの住宅が建ち並び当時の面影を知る人も少なくなっている。

チャック

ファスナーは、一九世紀の終わりに米国のホイットコム・ジャドソンという人によって発明された。彼は靴の紐を結ぶのは面倒だと思って考え出した。一人の無精者が発明したファスナーは、その便利さからあっという間に世界中に広まったのである。日本には第一次世界大戦のころに伝わってきた。初めてファスナーを輸入した人が、「チャック印」の財布として売り出したところ、丈夫ながま口だと評判になってチャックがファスナーの代名詞となったのである。チャックはもともと巾着《きんちゃく》をもじった言葉なので、外国では通じない。

俳優の黒柳徹子さんのニックネームは「チャック」だそうだが、早口の彼女にうまくつけたものだと思う。

英国ではスライド・ファスナー、米国ではジップ、イタリアではキウズーレ・ランポ、何か乱暴に扱うと絹ずれを起こしそうであるが、中国ではラーリェンと呼ぶ。米国のジッパーとはビュッと飛ぶ弾丸の音の擬声語「Ｚｉｐ」に由来している。

現在ズボンの合わせ目はファスナーで閉じられるのが当たり前だが、第二次大戦の戦中戦後と物資がない時代、ズボンの前はボタンだった。父の年代の人の背広がクリーニングに来ると、ときどき前がボタンのズボンでオーダーメイドなのを見ることがある。このころの背広は縫製がしっかりできていて、水洗いしても型崩れしないのが特徴だ。ほとんどの洗濯が水洗いだったので、テーラーもそのことを見越してあらかじめ大きめにしっかりと縫っていたのである。

このファスナーは、最近ではスキーウエアなどの大きなものから子供服や財布のように小さいものまで、実にさまざまな用途に応じた形、材質が開発されている。宇宙飛行士の着る超気密服や、私たちが普段目にすることのない、海中や海上の大きな橋にも巨大なものが使われているのである。しかしながら、ラグビーの選手のユニフォームにはいまだに柔らかいボタンやひもが使われているし、パジャマもそうだ。ボタンにはファスナーよりやさしさが感じられると思う。

最近若者の間に、合わせ目がボタンのパンツがファッションとして取り入れられているが私も持っている。間違ってファスナーに布が挟まったりして開いたままにならずによいのだが、急に用を足したくなったとき、ファスナーに慣れたせいか焦ってしまう。やはり緊急の場合には「チャック」の方がよろしいようである。

ハニードゥ

アメリカの友人との会話の中で半分冗談にだが、アメリカでは奥さんが旦那さんに用を頼むと、旦那さんは何を置いてもまず奥さんから頼まれた用を優先してやらなければならない。このことを「ハニードゥ」と言うのだと聞いた。最愛のハニーに頼まれた用事ということになる。

友人が結婚してほどなく赤ちゃんができた。家事を率先してやっていた彼から電話があり、洗濯をしているのだが洗濯物がみんな縮んでしまうので困っている、何か上手い方法はないかと相談してきた。どうしているのか聞くと、洗濯後、乾燥機で完全に乾燥させていると言うので、「それがいけない、七〇%か八〇%で出して、後はハンガーにかけるかロープにぶら下げて乾かしなさい」とアドバイスしてあげた。

その後しばらくして彼から電話があり、「元気な男の子が産まれた。洗濯物の乾燥もパーフェクトです」と喜び溢れる声で知らせてきた。産前産後、家事洗濯を進んでしていた彼は、高校を中退し単身アメリカに渡り一〇年余りを米国暮らしししていたので、生活ぶりは米国流だ。それでよきパパぶりを発揮していたのだった。

話は変わるが、店で衣類が仕上がると、スーツやコート類などは、現在はステンレスのパイプのハンガーラックに吊り下げている。父と一緒に仕事をしていたころは、天井から竹竿を下げそれに仕上がった品を吊り下げていた。梅雨時になると、この竹竿がびっしょりになるくらい湿気てくる。あんまりたくさんの品物を吊り下げると、品物が湿気を吸ってその重さに竹竿がしなりバランスが崩れて竿ごと落ちてしまうことがった。このように衣類は常温室内である程度湿気を吸収しているものである。梅雨時などは相当湿っているわけである。

乾燥機の使い方だが、機械の中で完全に乾かすと、衣類の中の湿気が完全に取れ、さらに余熱で加熱されて収縮が起きてしまうのである。少し湿り気があるぐらいで、機械から出し、ハンガーに掛け風を通すのが良い方法である。

機械も上手に使うと便利なのだが、間違って使うと大変なことになってしまうので注意が必要である。アクリル繊維やポリエステル繊維では取り出して重ねておくだけで、発火し火災になった例もあるので、説明書をよく読んで正しい使い方をするようお薦めする。

家内が呼んでいる。「宏さーん。ゴミだしといてね」「はーい」我が家も米国式だなあ。

汗抜きクリーニング

　少し専門的な話になるが、当店のメニューに「汗抜きクリーニング」というのがある。人は一日に何リットルかの汗をかく。冬でも暖房の効いた部屋や電車の中では汗をかく。そして下着や服に汗は吸い取られていく。下着や夏服のようにすぐ水で洗えるものは問題ないが、スーツやジャケット、ブラウス、コートなどは風合いを崩さないためにドライクリーニングするのが普通である。

　しかしドライクリーニングでは汗の成分は完全には取りきれない。皆さんも衣替えの時に洗濯したはずなのに、次のシーズンになって着ようとしたら襟が黄色くなっていた経験をお持ちの方もおられるだろう。これは汗の成分が化学変化するためである。汗は服についたら早いうちに水洗いするとほぼ取れてしまう。しかし一度しか着ないからといって洗わないで放っておくと、時間が経つにつれ経時的化学変化を起こし黄色く変色していくのである。こうならないようにするにはどうすればよいか。本来ドライクリーニングと指定されているスーツやコートでも水洗いするしかないのである。しかし洗濯機で下着のように洗ったら型崩れしてしまうので、丁寧に手洗いでそっと洗う他ない。

プロはさまざまな洗剤、型崩れ防止剤、仕上げ加工剤を使用する。新品の洋服の生地を作るときの加工剤まで使って洗い仕上げる。つまりできるだけダメージがないように洗い仕上げるのである。

こうして水洗いした服は汗で変色しないし黴《かび》たりしない。ただし木綿や麻などの植物繊維は水洗いするたびに色が薄くなっていく。ジーパンを洗っていくと、だんだん膝小僧や袖口が白っぽくなっていくのと同じである。

以前アメリカのテレビ映画で、壊れそうな車とよれよれのコートを着て、犯罪捜査をする名刑事の番組があった。彼はいつも同じカーキ色のコートを着て登場し、葉巻をくわえながら犯人を捕まえていくのだが、あのコートは木綿のダスターコートに違いないと私は思っている。本来ダスターというくらいだから、埃除けのためのコートである。この木綿のコートは昔からあったが、やはりジーンズと同じで水洗いしていくとだんだん白っぽくなっていく。

最近のクリーニングの受付では、きれいにするだけが目的でない。買ったときの風合い、色をできるだけそのままで着用したい、というお客様が増えている。ジーンズなどは本来作業着に着るものであったが、現在はすっかり若者のファッションとなっている。水洗いはサッパリ感があって気持ちがよいのだが、勝手に水洗いしてはいけない時代なのである。

カンテラ

子供のころ、家には懐中電灯はなかった気がする。自転車のライトで外せるのが一つだけあった。戦争で何もかも失ったので、すべてのことを節約していたのである。お祭りの夜だけは、子供たちも夜遅くまで出歩くのを許されていたので、母が一つずつ小さな提灯を持たせてくれた。小さな西瓜ほどの大きさの丸い形で、三〇センチぐらいの篠竹の持ち手がついていた。提灯に火を燈すときには、すぼめて底に小さな蠟燭を差し、火をつけて、そっと引き伸ばすのである。このとき斜めにすると提灯に燃え移ってしまうので、注意しないといけなかった。といってもいたずら盛りの子供たちの事、振り回すので帰りの道には提灯は燃えてしまっていたのだった。

子供用の提灯が使えるのはお祭りのときだけだった。普段は「カンテラ」を使った。鮭缶やさばの缶詰の空き缶の横腹に、小さめの釘を打ち込み、逆さにして蠟燭を釘に刺す。反対側に針金で持ち手を作る。缶詰の内側は金色に光っていて、けっこう光を反射していい灯りとなった。

ガキ大将が「今日は防空壕に行くぞ」と言うと、皆このカンテラを持ってついていくのである。

当時は町中に防空壕が残っていて子供の格好の遊び場となっていた。近所の保育園の裏側にあった防空壕は、川べりのあまり目立たないところにあって、だんだん塞がれていく中でも遅くまで残った一つで、秘密のアジトだった。カンテラを持って壕に入っていくと、夏でもヒンヤリとした。入ってすぐは広々として大人が一〇人ほど入れる空間があり、奥に行くほど狭くなっていた。壁のところどころに明かりを置く台座が掘ってあった。このあたりの土は関東ローム層（富士山の噴火灰による堆積層）、いわゆる赤土である。時々食べ物を持ち込んで戦争ごっこをした。

カンテラと言えば、夜釣りを思い出す。あるとき、隣家の小父さんが夜釣りに連れて行ってくれた。相模川の岸辺の窪みに座りカンテラを川に向け鮎を釣るのである。小一時間経ったとき、突然「おい、何を釣っているんだ」と、暗闇の中にするどい声がした。

密漁の監視員である。鮎は六月以降でないと釣ってはいけないのである。このときはまだ鮎釣りの解禁前だったのだ。まだそんなに釣れていなかったので魚を川に逃がして子供連れだったせいかお咎めなしであったが、私はなぜか逃がした魚が惜しかったのだった。

ジャリセン

手入れのされた板の間を素足で歩くのは気持ちの良いものである。固く絞った雑巾で毎日掃除をしていると、黒くぴかぴかに光ってくる。この上をはだしで歩くと足の裏が板の間にぴたっと引っ付くので気持ちがいい。私はこの感触がたまらなく好きだ。反対にホコリや砂でザラザラしていると、足の裏と板の間に何か挟まっている気がして落ち着かないのである。高校のときの体育館がそうだった。グラウンドの一番北側に建っていたので、夏は開け放していると夕方には床がザラザラになっていて毎日の掃除が大変だった。

このザラザラすることでは怖い思い出がある。昭和三五年頃まで相模鉄道の砂利運搬専用の線路が相武台下から相模川まで引いてあって、そこから川の中まで細い木組みの橋があった。その上にトロッコが通っていた。私たちが子供のころにはトロッコは使われなくなっていたが、レールやトロッコはそのまま置いてあった。私たちはこのトロッコでよく遊んだものだった。

橋の真ん中に一枚の板が引いてあり、その上を歩いていくのがスリルで上級生たちはさっさと渡ってしまうのだが、私たちは怖くて歩くことができなかった。橋はかなり高く、その上に自分の身長が加わるので足がすくんでしまうのである。初めは両手をついてへっぴり腰で行く。このとき板にホコリや砂がついていると、何か浮いているような感じで余計に足がすくむのである。

橋の真ん中あたりまでいって、川に飛び込むのであるが、勇気がためされることだった。上級生たちが飛び込んで私たちも飛び込まないと遊んでもらえない。臆病なヤツと思われるのがいやで、意を決して飛び込んだ。隣の家の犬のタローは平気で飛び込んでいた。犬なのにすごいやつだと思った。

川の中には砂利船が掘った後の砂利穴があった。私たちはこの穴を「ジャリセン」と呼んでいた。砂利穴は水が澄んでエメラルドグリーンの美しい色をしていた。ジャリセンはきれいだが恐ろしい一面を持っていた。水面は温いのだが、一メートル下は清水のように冷たいのである。当時何人もの人が心臓麻痺で溺れ死んだ。夏休みには危険だということで、川で遊ぶときはジャリセンは水泳禁止となっていた。

それでも私たちはそんなことはとっくに知っていたので、頭の大きさほどの石をかかえてこのジャリセンの穴を歩いて渡る遊びをしていた。そのころはプールなどなくて、エメラルド色のジャリセンは私たちにとってはさながらプライベートプールだったのである。砂利船の掘った穴は今でもあり、平時は釣堀のように釣り人の姿を見ることができる。そしてトロッコ橋は経済の発展と共にいつの間にか姿を消していった。

色合せ

私の仕事の中で最も高度な技術を要する仕事は、和服のシミ抜きである。素材を扱う技術の習得には一〇年単位の経験と時間を要することと、扱う品物の価値もさることながら、シルクの性質がとてもデリケートだからである。このシルクのしみ抜き技術を習得すると付随して他の品物も扱えるようになるのである。

京都には昔の伝統技術をはぐくむ職業が現在でもたくさん残っている。和服関連の仕事も日本古来の伝統的な職業なので、いろいろな職人仕事が地場産業として残り、着物のお手入れも昔ながらの方法や仕組みで行われている。

たとえば、呉服屋さんで購入した着物は、古くなると解いて洗い張りという洗濯方法がある。この仕事一つをとっても、呉服屋→悉皆屋《しっかいや》（呉服屋を廻って仕事を集め流通経路に乗せる仕事）→洗い張り屋・解き（和服をほどいてそれぞれのパーツにする仕事）→端縫い・伸子張り（解いたパーツを縫い合わせ反物のように一枚の布地にする仕事）→染み抜き、抜染（布地の色を抜く仕事）（洗い）→（染め替え）→仕立て屋→呉服屋という地場産業ができているのである。

この着物のシミ抜きのところで、どうしても抜けないシミがあると、布地の色ごとシミを抜いてしまうことがある。あるいは、柄の上にシミがある場合で、シミを抜くと柄も抜けてしまう場合などである。こういう場合は色を元の色に復元させる方法とそれもできないときは、新しく柄を描く方法がある。

このときに色合わせという作業が必要になる。新品の場合は直しやすいが、古くなった着物は微妙に色が変化しているので、古い色の通りに色の復元をしなければならない。いわば文化財の復元と同じことをすると言える。事実、文化財の復元作業にはシミ抜きの技術が使われている。

日本には四 八茶百鼠《しじゅうはちちゃひゃくねずみ》と言われている江戸時代の色がある。たとえば、茶色と一口に言うが、茶、葡萄《えび》茶、焦げ茶、柿茶、江戸茶、丁子《ちょうじ》、唐《から》茶、金茶、桑茶、媚《こび》茶、鼠色では利休鼠《りきゅうねずみ》、桜鼠《さくらねずみ》、梅鼠《うめねずみ》、深川鼠《ふかがわねずみ》、鳩羽鼠《はとばねずみ》、藍鼠《あいねず》、錆鼠《さびねず》、相思鼠《そうしねず》、銀鼠《ぎんねず》などなど実にいろいろな種類の色分けがあり、その色を生み出してきた職人の技と文化があるのである。江戸時代、幕府は町人の絹織物など金襴豪華贅沢を取り締まったことがある。町人たちは木綿や麻、紬などでおしゃれを楽しむよりなかったため、地味な色合いでも粋な色の配色を求め、色を生む職人の技術は日本の侘び寂びの心と共に進化していったのである。

祖父の背中

ドライクリーニングがまだ一般店に普及してないころ、品物は週に二回集配に来ていたドライ屋と呼ぶ外注に出していた。衣替えの季節になると、家の座敷まで品物が占領してしまっていた。忙しいときは、山のようになったその隙間に私たち兄弟は寝ていた。

急ぎの仕事が来ると、当時一番近くでドライ機の設備のあった茅ヶ崎のドライ屋まで品物を運ぶのは祖父の役目だった。私が四、五歳のころだったと思うが、時々いっしょに汽車に乗って茅ヶ崎まで行った覚えがある。用事が済むとバスで、茅ヶ崎海岸まで連れて行ってくれた。

浜では漁師が家族総出で地引網を引き上げていた。私も一緒になって網を引いた。一メートルくらいの紐の先に木片がついていてそれを綱に絡めて引くのである。網が上がると銀色に輝く魚が網いっぱい取れた。その中から漁師が一匹小さな魚を放ってくれた。普段家のそばの小川で小さなフナやどじょうしか見ていなかった私には、それはとても大きな魚であった。たぶん祖父に私は座間弁で、こう言っていただろう、「ワアー、すっげぇー、でっけえなぁー」。家に帰ると母にも言っていたに違いない。「かあちゃん、今日は海で地引網をやったんだよ、でっけえ魚がうーんと採れて一匹魚をもらったんだ」。孫の相手をする現在になって、そんな言葉が容易に想像がつくのである。

帰りは寒川で降りて、イチゴ農家に寄るのが楽しみであった。お土産にイチゴを買うのだ。祖父は初めて寄る家でも、昔から知っているような感じで打ち解けて話すのが上手で不思議だった。取れたてのイチゴを食べ、歩き疲れると、祖父は手おんぶで私を負ぶってくれたのを覚えている。祖父の背中は温かく大きくてなぜか安心できた。あるとき、いじめっ子に私がいじめられて、泣いて帰ってきたとき、祖父は大声で「こらっ！　うちの宏をいじめるのは誰だ！」とどなったのである。そのときの声があまりにも大きかったので、かえって私は恥ずかしくなって、それ以後、泣いて帰るのはしなくなったのであった。

祖父はよくどなった。前の鳩川に誰かがゴミなど捨てようものなら、すごい剣幕で、「こら！　ダメじゃないか、川を汚しては」としかった。昔の人は川を大事にしていたのである。川は生活のための大事な飲み水であり、炊事、洗濯、食器洗いの場であった。今や農薬に汚染され水生生物が少なくなっている。そのようなことが今見直されているのは、良いことなのか、間に合って欲しいと思う。

火鉢

家業を継いでしばらくして、配達である農家に伺ったとき、土間で子供たちが食パンを炭火で焼いている光景に出くわした。七輪で餅やパンを焼くのは難しいものである。火加減が強過ぎるとすぐに黒く餅網のとおりに焦げあとがついてしまうからである。そのときはみごとに真っ黒な網跡が四角くついて煙があがっていたので、昔を思い出し懐かしく思ったのだった。

子供のころの暖房と言えば、綿入れ半纏《はんてん》を着て火鉢で手を温め、部屋では火燵《こたつ》が主な体を温める手段だった。きれいな陶器の火鉢で、ベージュ色の灰に真鍮《しんちゅう》の灰掻きで文字を書いたり絵を描いたりしたことを思い出す。

火鉢は昔からある日本の代表的な暖房器具である。陶器が主流だったが、珪藻土《けいそうど》を焼成して作った安価な七輪火鉢ができて庶民に広まった。七輪の語源は、わずか七輪で買える木炭で十分な火力を得ることができる、また炭火を受ける皿に七つの穴が開いている、などの説があるそうだが、焼き物料理に向いていて、赤外線も出るのでいろいろな調理用に使われ重宝したのである。特に第二次大戦後、焼け跡のバラックでも使われ重宝したのであった。

七輪は、炊飯、煮炊き、魚焼などなんでもこなす優れものである。下部の空気取り入れ口の開け閉めで火力の調整ができ、開け閉めだけで百度以上の温度差ができる。戸外で団扇《うちわ》であおぐと二百度から三百度にもなるのである。今でも夏のバーベキューでは大変重宝して使っている。

火鉢で炭火をつくるには、まず火鉢の底に小石を敷き並べ、その上に藁《わら》灰を半分から三分の二入れる。これを「炉」または、「おとし」と言う。灰は断熱材の役目をする。炭火を熾《おこ》すには、まず火消し壷の消し炭に火をつけ、まわりに炭を置く。炭が赤くなったら十能《じゅうのう》（炭や灰を運ぶスコップ状の柄杓）で火鉢の真ん中に炭を運び、鉄の箸で熾った炭をきれいに並べる。そして五徳《ごとく》を置き鉄瓶を乗せ、湯を沸かすのである。

火鉢ではパンや餅は焼いたが魚は焼かなかった。灰が魚の油で汚れ匂いが移ってしまうのだ。だから魚など臭いの出る物を焼くときは戸外で七輪が活躍した。夕方になると各地の台所で魚を焼く煙がたったのである。

炭を熾すには屋外か風通しの良いところでなければならない。火が熾るとき時に一酸化炭素ガスがでるからである。このガスは猛毒で冬場にはしばしば事故が起きた。早く部屋を温めようと、完全に熾きてない炭火や練炭を部屋に入れると、この一酸化中毒にやられるのである。

火鉢も石油ストーブ、トースターそしてエアコン、電子レンジの出現でだんだん使われなくなり、玄関前で植木鉢やメダカの棲家になっているのである。

靴下

娘たちが小学校低学年のころ、お客様に茶道の先生がいらしたので、行儀見習いをお願いしたところ、快く引き受けていただいた。商売が忙しくなっていたので、きちんとした躾が家ではできなかったからである。先生のお宅には普段は御用聞きにお伺いしているだけなのだが、正月の初釜のときには、親子そろってご招待を受ける。私は新しいことに接する事が好きなので、うれしくてたまらなかった。それは茶懐石の料理とアルコールもいただけるからであった。足のしびれるのも忘れ、正座したのだった。

娘たちが小さいころは、言うことも聞かないで騒いだりして大変だったと思うが、先生にかわいがっていただき、小学校の高学年まで続けさせていただいたのはありがたいことだった。長女は中学生になると部活動に時間をとられるので、卒業させていただいた。しかし高校生になって文化祭の茶道部の席で、お手前を忘れず披露できて、運動部の同級生が皆びっくりしたそうである。

行儀見習いは、まず靴下を別に一足持って行き、玄関で履き替えることから始まる。子供たちの靴下は、朝履いて学校に行き、運動をしたり、砂場で遊んだりして帰宅するころには、かなり汚れている。我々も知らず知らずのうちに朝履いたままで仕事をして、そのままよそ様の家にお邪魔してしまうことがよくあるが、なるほど理にかなっているなあと、感心したおぼえがある。つまり行儀とは、相手の立場に立って事を考えるということではないだろうか。

外国の家にお邪魔すると、当然ながら靴のまま家に入るわけだが、泥だらけのままの靴で絨毯の上に上がってよいはずがない。現在のように道路が舗装されてないころ、冬の霜解けの道を歩いて帰宅すると、靴の底は泥だらけである。昔から玄関の前の入り口横には、神社の鳥居を小さくしたような形のスクレーバーというものを埋め込んでおき、玄関に入る前に靴底に付いた泥をこれでこそぎ落とすのである。現在ではほとんどが舗装されているが、田舎に行くとこれが必要になるのである。なくても十分に靴底の泥を落として入室するのは現在でも礼儀である。

彼らは家の中に泥をできるだけ運ばないように、普段から泥用の靴、外出用、よそ行き用と使い分けている。ガレージと裏口が一体となっている造りが多いので、たいてい帰宅すると台所から家に入る。玄関はいつもきれいにしておいて、特別の日やパーティーの日にお客様には、そこから入っていただくのである。これもゲストを歓迎するホストの気持ちであるから、日本の行儀作法と同じで相手のことを考えると、自然そうなるのであろう。

さて靴下の話である。現在靴下をクリーニング屋で洗濯してもらうのは、介護で洗ってもらうか、家庭洗濯代行業を利用する方、一人暮らしのビジネスマンだろうか？プロのクリーニング屋に出す人は日本ではまずいない。

戦後米軍の仕事をしていたころ、兵隊たちは自分用の大きな布袋に下着から靴下・制服まですべてを持ってくる。その中には靴下も入っているのである。

皆さんは靴下を洗濯した後、乾かしてからどのようにたたむであろうか。乾いた靴下のたたみ方だが、片方ずつ手のひらをつま先まで入れ、かかとまで裏返す。つまり足裏の形を残して裏返す。こうしておくと、履くとき足を差し込むだけですぐ履けるのである。米兵たちの靴下はこのようにして納めていた。

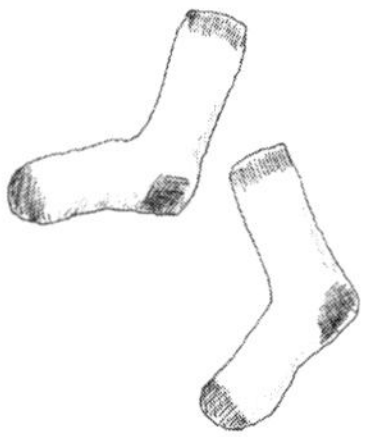

雪釣

雪が積もった翌朝。私達が布団の中でまだ丸まっていると、アッちゃんが窓を開けて「宏、ほら雪が積もってるよ」と声を掛けてくれた。アッちゃんは父のすぐ下の妹で晩婚だった。最後まで私たちの面倒を見てくれていたので、嫁に行くのが遅くなってしまったのである。

雪が積もるとそれだけでうれしくなるもので、新雪に顔を押し付け自分の顔の型を作った。暖房用の炭を細めの篠竹に糸で括り付け、雪釣をした。雪の上に炭を落とすと少し雪がくっつく、それをまた落とすとその上にまた雪がつく。こうして誰が一番大きくなるか競争するのである。

正月の門松の孟宗竹は捨てずにとっておく。この竹では竹とんぼや色々なものを造った。そりも造った。孟宗竹より少し細めの竹を縦に割って、節を削り平らにする。火鉢のおきで先を炙りスキーの板のように上に反らしこれを二つ造る。正月のみかんの箱やりんごの木箱の下にこの竹を釘で打ちつけるとそりの完成だ。このそりに弟を乗せロープを付けて、犬を走らせ犬ぞりのまねをした。この箱ぞりを坂の上からすべらせるとスリルがあって面白かった。服がびしょびしょになるまで遊んだ記憶がある。

雪が積もると小学校では、先生にねだって雪合戦をしたり雪だるまを作った。雪合戦の雪の玉がそれて教室の窓ガラスに当たると、まるで切り取ったように真ん丸く穴が開いたのを思い出す。教室の中はだるまストーブで暖かくなっており、ガラスも温まっている。そこに雪の玉が当ると急激な温度差でまるでダイヤモンドカッターで切り取ったように穴が開くのだ。

雪の降る前は深々と冷え込んで寒い。雪雲が低く垂れ込め真っ黒になる。降ってしまうとそんなに寒さを感じないのはなぜだろう。雪はあらゆる物を白く包み込んで美しい。雪国では雪害を起こすが豊作をもたらす神でもある。

阿夫利嶺の頂上付近には雪で色々な絵ができる。頂上付近には鹿と餌箱ができ、丹沢の峰には雪が造り出す文字が「ヘト」に見えていたが、座間駅前の友人たちは「ハト」と言っていた。子供のころから現在まで変わらぬ自然の営みである。

相武台前から家に向かうとき、キャンプ座間のトンネルから阿夫利嶺を見ると丹沢連峰がより大きくそびえて見える。この大きく見える山に雪文字を見るとなぜか、あぁ故郷だなぁと思うのである。

啖呵《たんか》

父は東京で生まれ、祖父の産まれ故郷の栃木県鹿沼で育った。尋常小学校を卒業すると祖父と同じクリーニング店に修行に出た。修行を重ね、手間賃の良い店を渡り歩き、関西にも修行に行った。神戸の芦屋の高級住宅地でも仕事をした。金に糸目をつけない富裕層が大勢住んでいるところは、いい品物が出て料金が高いが、それに見合うだけの腕も必要になるのである。

その頃、結核が流行していた。洗濯屋は大勢の人といろいろな人の服が動くので、「危ないからタバコを吸いなさい、タバコを吸うと煙で結核菌が寄って来ない」と言われ吸い出したのだそうだ。変な迷信があったものである。しかし当時は皆そういうことを信じていたのだ。事実、仕事に行く先々で結核で倒れる人が大勢いた。後にこれが発端で、クリーニング業は保健所の管轄となるのである。そして重労働なので健康のため週休が義務づけられたのである。

修行中、関東育ちの父は、東京弁と鹿沼弁のミックスだったことから、こんなエピソードがある。

ある店で仕事をしていたとき、男の客が因縁をつけてきた。そこのご主人は結核で入院していたので、おかみさんがお客の応対をしていたが、ああだこうだと言ってなかなか帰らない。横でアイロン掛けをしていた父はおかみさんがほとほと困っているのを見兼ねて、つい口を出してしまった。

「おい、さっきから聞いていりゃあ、ああだこうだと口のへらねえご駄句《だく》を並べやがって、さっさと帰らねえとただじゃあおかねえぞ、この唐変木《とうへんぼく》！」とやった。

そのお客はいきなり関東の啖呵が飛んできたので、びっくり仰天で尻尾を巻いて帰って行ったそうである。

店で働いていた女性たちはあっけにとられていたが、そのうち「あんさん、ええなぁ、もういっぺん聞かせておくなはれ」と言ったのだそうだ。

しかしこの父の短気な性格はのちのち災いする。私と一緒に仕事をしていたとき、酔っ払い相手にやれるものならやってみろと、啖呵をきったのである。相手は酔っ払い、いきなり振り向きざま私の顔面にパンチを出してきた。とっさに避けたのだが、眼鏡がこわれ顔を切ってしまった。私が怪我をしたので、父も酔っ払いも気が引けたらしく、早く医者へ行けと言い出したが、そういうとき私は不思議と落ち着いていて、「大丈夫だから今日はこれで帰ってください」と言ったのである。

職人の世界は短気で向こうっ気が強く、見栄っ張りで「宵越しの銭はもたねぇ」というやっかいな男が多かったのである。

ツーリング

相武台に住んでいる従姉妹の旦那は元バンドマンで、戦後の一時期、進駐軍のクラブやスマイリー小原のバンドにいたことがあるミュージシャンである。彼は元々はクラシックの演奏家になりたかったので、戦争がなかったらオーケストラで演奏していただろう。ここにも人生を戦争で狂わせられた男がいた。しかし芸は身を助けるで、終戦後の混乱期に、食うために自分を犠牲にして金を稼いだのである。バイクが好きで奥さんとゴーグル姿でツーリングを楽しんでいたが、仕事が忙しくなってバイクを我が家に預けていたことがあった。

中学生一年のころの夏、預かっていた従姉妹の「トーハツ・ランペット」のスポーツバイクで近所の子供たちとツーリングに出かけた。他の子供たちは自転車で、私は最後尾からトコトコスピードを出さずについて行った。もちろんまだ無免許である。

下溝に「八景《はけ》の棚《たな》」という、春になると桜が咲いて見晴らしの良い場所がある。空気が澄んでいるときには相模湾が見渡せる景勝地である。その二〇〇メートルほど手前、下溝駅入口の向かい当たりから左に入る側道がある。この道はかなり急な下り坂で、ここを下って相模川の右岸に出て依知《えち》に抜け、金田から相模大橋を渡って座間に帰るまでのコースで行く予定だった。

この坂を下った時、事件はおこった。最後尾についていた私のバイクのブレーキが前も後ろもまったく効かなくなっていたのだ。今ならエンジンブレーキで減速できるが、当時は知らなかった。どんどんスピードが出て行く、しかも左に九〇度のカーブがある、とっさに前方の茂みに突っ込めば何とかなると突っ込んだ。ところが藪と思ったその向こうには何もなくそのまま数十メートル空中を飛んだ。相模川右岸の丘陵地は四、五〇メートルの崖になっていて、竹や樹木が西向きに横に生えている。空中を飛んだとき、宇宙飛行士のように瞬間的に宇宙遊泳のような無重力状態になった。

私はこれで死ぬのかもしれないと思った。ところがこの横の竹林にバイクごと運良くひっかかったのである。私の姿が急に消えたので子供たちが戻ってきて皆で私を引き上げてくれた。今ならレスキュー隊が出動して大騒ぎになっていただろう。無事生還できたので、その後の事はまったく覚えていないが、今も私の腕にはそのときの傷が残っている。

さながら戦場から戻った古参兵の古傷のような苦い勲章となっているのである。

愛情洗濯

座間の主婦相手の講習会で、洗濯についての講師をたのまれることがある。そこで必ず喋ることが、「家庭洗濯が一番丁寧なんですよ」ということである。しかしこうも付け加えることにしている、「ただし愛情の深さ次第です」と。プロでも丁寧な仕事は、機械まかせよりシミ抜きや手洗いでの手作業が一番だからである。

普段毎日着用する下着類は、一日着て洗濯される方が多いと思うが、肌に直接ふれる衣類は知らないうちに相当の汗を吸い込んでいる。冬でも汗はかく、ましてや暖房の効いた満員の電車や車、安売りセールの店内などでは相当の汗をかいている。その汗はどこにいくかというと、ほとんど下着が吸い込んでいるのである。

また、襟や袖口など肌に直接触れるところも汗を吸い込んでいる。下着類はすぐ洗うので問題ないが、洋服や和服はそうたびたび下着のようには洗濯できない。こういうときは、昔の主婦がしていたように、裏に乾いたタオルを置き、手ぬぐいやタオルを水で湿らして固く絞り、汗になったところをたたき、離したドライヤーの風で乾かす。こうすると汗の成分が取れ変色を防ぐことができるのである。

ところで最近の娘さんは父親の下着には触りもしないらしい。奥さんも箸でつまむように扱っていると何かで聞いたことがある。父親の尊厳はどこへいったのだろう。

話は変わるが、テレビで興味深い実験を見た。年頃の女性数名に目隠しをして男の体臭を嗅がせたのである。いやな匂いと感じるのはどれか、というのである。五名の女性に五人分の男性の匂いを嗅いでもらう、その中の一つに各自の父親の体臭をしみこませたのである。するとほぼ全員が父親の匂いをいやな匂いと判定したのである。他の男性の匂いは別にいやとは思わないというのである。これは自然界が作り出した法則らしい。年頃になった女性は自分の家族とは無関係の男性と結ばれるように神様がおつくりになったということらしい。つまり自然の法則で近親相姦を防ぐようになっているということらしいのである。とすれば、父親の下着を触るのもいやだという年頃の娘さんの気持ちもわからなくはない。

燕尾服

英国では今でもあちこちにドレスコードと呼ばれる決まりがあり、格式のある場所や競馬場には燕尾服、シルクハット着用でないと入場できない一角がある。アスコット競馬場もドレスコードのある場所があり、そこには燕尾服、シルクハット着用でないと入場できない。ここで上流階級のファッションとして生まれたのがあのスカーフで首を隠すように結ぶアスコットタイだ。しかしシルクハットと燕尾服さえ着用していれば良いので、どんなに古くて虫に喰われていようが、穴が空いていようが燕尾服は燕尾服である。腐っても鯛みたいだが、着用さえしていればいいので、かくして道中を歩くときでもそのままの姿の紳士が闊歩することになる。

この燕尾服は、後ろにその名の通り燕の尻尾のように背中の生地が二つに分かれて長く垂れ下がっている。この尻尾が問題だ。燕尾服のアイロン掛けはここがポイントである。垂れ下がった尻尾を後ろに縦半分に飛び出すようにアイロンをかけるのだが、最近ではこのことを知らないで普通の上着のように平らにプレスされたのを見るが、これは間違いである。

当店の従業員の娘さんが結婚されたとき、お父さんが自前の燕尾服を着ていたが正しくアイロンがしてあるので、結婚式場の係りが、最近この事を知っているクリーニング屋が少なくなったと言っていたそうである。

またモーニングに着るシャツも独特だが、このシャツは外国のようにハンガーで仕上がってくるときは問題ないが、日本式に畳むときが問題だ。普通のワイシャツのように小さく畳んではいけない。大きめに二つ折りにしないと、着用したとき、胸の前に畳皺が出てしまうからである。カーマベルトで締めると目立たなくなるが、たいがい前にプリーツがあるので胸の見えるところには折り目はつけない。靴はもちろんエナメルの黒がマッチする。

小生も娘の結婚式に燕尾服一式をレンタルで着たことがある。しかしなぜか後ろが気になって仕方がなく、花嫁の父は涙をこぼせなかったのであった。

乾燥室

昭和三〇年ころまで、洗濯物を乾かすのは天日干しだった。梅雨のころは雨が続くとお手上げだった。仕事が忙しくなって、入荷量が増えたときは困るので、父は台所の片隅に一坪ほどの乾燥室を造った。乾燥機などない時分でその部屋は母にとっての何よりのプレゼントになった。濡れた重い品物を屋根の上の干し場まで運ぶのはきつい労働だったからである。そのころになると私たちにも母の仕事がきついことがわかってきたので、自動的に荷物を運ぶ機械を作ってやりたいなどという内容の作文を学校で書いた記憶がある。

屋根の上に角材で櫓《やぐら》を組んだ干し場があり、そこまで濡れた洗濯物を持ち上げるのは重労働であった。比較的屋根の低いところに、幅広の階段があり、そこから屋根伝いに干し場まで廊下伝いになっていた。

小学生のうちは、持って上がることができなかったが、中学生ころになって身体もできてくると、私たちも手伝った。天気の良い日の夜はここから星空を眺めて歌を歌ったりした。あるとき、当時流行っていた歌をいい気持ちで歌っていると、隣の同級生のSちゃんに聞かれてしまった。最後まで下で聞いていて、ときならぬ拍手が起きたので、私はびっくりした。と同時にとてもはずかしい気持ちになって、それ以来そこでは歌わなくなってしまった。そのことがきっかけで彼女とときどき話をするようになった。幼馴染だったので、子供のころはよくままごと遊びをした仲だったが、中学生になってからはあんまり話すことがなくなっていたのだ。

夏休みにはお隣でいっしょに勉強をするようになった。そのかいあって彼女は厚木東高校に私は厚木高校に合格したのであった。

この乾燥室は内側にトタンが貼りつけてあり天井には麻縄が張り巡らされてあって、そこに品物を吊るして乾かすのである。狭い部屋なので小さなストーブや練炭火鉢の火力で十分乾くすぐれものだった。この乾燥室もボイラーの導入と共に、大型の乾燥機が入って役目を終えたが、母の梅干や味噌などの貯蔵室として私が結婚して家を建て替えるまで活躍していたのである。

結婚して両親と同居するのを機会に家を建て直すことになり、屋根の上の干し場も、乾燥室も消えることになってしまった。

かすみ網

　学校が夏休みになると、子供たちは急に早起きになる。森や林の中でカブトムシやクワガタが捕れ始まるのだ。明け方、森の中ではいろいろな昆虫が捕れるので、カブトムシは何時ごろどの木、クワガタはどの木と子供たちは上級生から学んで知っていた。いろいろな季節の遊びの中で自然に教わっていたのである。

　虫取りに限らず目白などの小鳥も捕まえた。野鳥の会の方に叱られそうであるが、当時は遊びが少なかったので、みんなやっていたのである。

　目白捕りは、もちの木の皮を削り取り石の上で叩き潰すとべとべとした粘着力のある鳥もちができる。それを木の枝の先に付け、熟した柿やみかんをすぐ下に付け、森の中の地面に突き刺しておくのである。すると小鳥が餌に引き付けられて、もちの木に止まり足がくっついて逃げられなくなるのである。子供たちはこれらをペットにして飼っていたのである。しかし私は小鳥を捕まえたことがない。目白などは保護鳥ということを聞いていたからである。

竹籠を斜めにしてつっかい棒をする。下に餌を置き棒に細紐をつけ離れた所で雀が笊《ざる》に入るのをじっと待つ。入ったところで紐を引くと雀が捕れる。この方法はよく漫画に出てくる方法であるが、一度も成功したことがなかった。

空気銃を撃ったこともある。当時は空気銃は殺傷力が弱いので誰でも持ってよく、子供でも金物屋で鉛の玉を買うことができた。広場で空き缶を並べ、西部劇のヒーロー気取りで撃ったりした。大人たちは雀を捕って焼き鳥屋に専門に売る人もいた。当時はなんでも金になることを探し、生き物も売れる物は捕まえて金を稼いでいたのだ。

誰かが釘や鉄くずを売ると金になるといって、学校の帰りに拾って帰った。当時はくず鉄を回収に来る業者がいて、たくさん集めると子供にはいい小遣いになったのである。

冬になって田んぼの水がなくなると、小川の底にたまった水を小鳥たちが飲みに来る。川下にかすみ網を張っておき、鳥たちが飛んでくるのをじっと待つ、合図と共に上流から大声を出しながら皆が全力疾走する。急に大声と共に何かが突進して来るので、鳥たちは逆方向に逃げる。すると張ってあったかすみ網に引っかかってしまうのである。私はこのとき網にかかってもがく鳥に触れることができなかった。ガキ大将が早くはずせとどなったが、なぜか触ることができなかったのである。

現在では勝手にメジロなど野鳥の捕獲をすることや、このかすみ網も空気銃も法律で禁止されている。

卓袱台《ちゃぶだい》

子供のころ、井戸水を汲んで木の風呂に水を溜め、薪を焚きつける。丸い卓袱台の足を引き出し、お膳の上を台布巾で拭いて、家族全員の飯茶碗、汁碗、黄色の竹の箸を揃える。それが夕方の私の仕事だった。お膳の傍らのほろ蚊帳《かや》の中でまだ赤ん坊だった一番下の弟はすやすや寝ていた。

ご飯は竈《かまど》で薪で炊いた。炊き上がっていくとき、釜の蓋の間から吹き上げる泡と米が炊ける匂いは今でも大好きな匂いだ。炊き上がったご飯を母が釜を大きくかき回し空気を入れて冷ましながらお櫃《ひつ》に移す。布巾をかぶせて蓋をする。こうすると食べるころにはちょうどよく冷めて食べやすくなる。熱くもなく冷たくもないこの遠冷《とおざ》めのご飯が好きだった。釜の下にはお焦げがあって、お結びにして食べた。少し焦げた方が香ばしくて好きだった。

相武台に住んでいた伯母の家に行くと、冬にはお櫃を綿入れの布団でくるんでいた。こうしておくと暖かさが保たれ、昼でも暖かいご飯を食べることができるのである。

このやり方は、伯父さんが長野県出身で寒いところだったせいかもしれない。しかし妻の家でも昔はやっていたというので、温かいご飯が好きな家ではどこもやっていたらしい。しかし我が家では忙しかったせいか、昼は冷や飯が普通だった。銀シャリと言っていた白米ならよかったが、麦飯だと、べたべたしていたのを思い出す。そのせいか昼にはよくお茶漬けを食べていた。職人仕事は忙しいので、昼休みも取らず茶漬けをかっ込んで仕事をしていたのだった。

台所は土間になっていて、流しの横には氷で冷やす冷蔵庫があった。一番上に一貫目の氷を丸のまま入れておくと冷気が下がって冷えるのである。夏は毎日氷屋が配達に来た。大きなのこぎりでシュカシュカ切って最後にノコをさかさまにしてコンと叩くと氷が割れるのが面白かった。

土間から居間までの間に板の間があって、茶簞笥があり蠅帳《はいちょう》があった。食べ残しはここに入れて置いた。井戸水を手汲みポンプで汲むのは結構疲れる仕事だ。蛇口の先には井戸から汲み上がる水と一緒に砂が上がってくるので、木綿の袋が付けてありこれで濾《こ》し取るのである。その水は銅製の雨樋を伝って、一方は風呂へもう一方は六、七間先の洗い場の大釜まで続いていた。井戸水は冬は暖かく夏は冷たい。井戸水で冷やしたラムネ、スイカや黄色いメロンは冷た過ぎずちょうど良く冷えた。

テレビなどで男がカッとなって、卓袱台をひっくり返すシーンがあるが、我が家ではそういうことは一度もなかった。私は父と母が喧嘩をしたところを一度も見たことがなかった。相思相愛のいい夫婦だったと確信している。

ほろ蚊帳で寝ていた弟は今年ちょうど還暦を迎えた。

アイビールック

御用聞きをしていたころ、得意先にご近所から「お大臣」（土地の人は「デージン」と呼んでいた）と呼ばれていた旧家があった。最近ではめずらしくなったが、お手伝いさんがいて、私をはじめ出入りの御用聞きはこの人が取り仕切っていた。そこの家には私と同じ年恰好の男の子が二人いて、坊っちゃまと呼ばれていた。あるとき、いつもはご主人と奥様の物ばかりなのに坊っちゃまのワイシャツを洗濯に出された。ボタンダウンのワイシャツであった。

一九六〇年のごろ、若者の間ではアイビールックというファッションが流行っていた。私もそのファッションが好きだったので、このシャツはアイビールックだとすぐわかった。みゆき族という若者の間で流行った、いわゆる「トラディッショナル・スタイル」である。

このファッションはアメリカ東海岸の大学アイビーリーグの学生が好んで着ていた服装を、服飾デザイナーの石津謙介氏が日本に持ち込んで、ＶＡＮジャケットという会社を作って売り出したファッションである。日本の高度成長経済とマッチして急速に若者の間に広まっていったのである（ちなみに石津氏のブレザーにはいつもキク科の花、カモミールが挿してあったので有名であった）。

このファッションの特徴は、戦前からのキチッと決める着方と違い、ラフな着こなしというのが特徴である。三つボタンのブレザー、糊をつけないボタンダウンのシャツをやわらかく洗いざらしの感覚で着る。ズボンは今までのようなウールの「ズボン」ではなく、木綿の「チノパンツ」、靴は編み上げではなく、「コインローファー」と呼ばれる扁平な革靴である。

坊っちゃまのシャツはアイビールックとわかったので、私は糊をつけないで、洗いざらしのままお届けしたのである。お手伝いさんは仕上がったシャツを奥様のところへ持って行きお見せした。すると「こんなしわくちゃな仕上がりでだめじゃない。やり直してきて！」としかられてしまったのである。私が説明しようにも取り付く島がない、という感じであった。言われた通りご主人のシャツのように糊をきかせてビシッと仕上げてお届けした。

すると坊っちゃまが「だめじゃん、このシャツにこんなに糊をつけちゃあ、ぼくのシャツには糊はつけないでください」とまたおしかりを受けてしまったのである。私は「大変申し訳ありません。次回からはそのようにさせていただきます」と謝ったのであった。
もちろん次回からは、私が坊っちゃまの好みをまかされることになったのである。

割烹着

母の割烹着のポケットにはなぜか、いつもくしゃくしゃになったチリ紙が入っていた。そして私たちが鼻水をたらしているとそれで拭いてくれた。育ちざかりの男の子ばかりの四人兄弟を育てるのは大変だったと思う。しかし世の中貧しくても生きてゆく力、物はなくても想像する能力は、今よりすぐれていた気がする。人を敬い弱きを助けるという日本人としての良さが残っていた時代だった。

ティッシュペーパーなどない時分で、落とし紙（トイレで使うチリ紙）はグレーで便器の前の四角い竹籠に積んであった。部屋で使うチリ紙は白かった。外出のときの母や叔母が使うチリ紙はやわらかくていい匂いがしたのをおぼえている。トイレでは新聞紙をくしゃくしゃに揉んでやわらかくして使ったこともあった。高校の幾何の先生はあだ名を「元帥《げんすい》」と呼んでいたが、この先生は鼻をかむときいつも新聞紙を使っていた。

私は白い割烹着姿が好きだ。女性が着物姿で割烹着をつけ台所に立つと、それだけでやわらかな日本的情緒がかもし出される。割烹着は和やかさの中に活発性が感じられて、着る姿にピリッとあたりが引き締まる感じがしてくる。

第一、白いと洗濯がしやすい。板前さんの白衣と同じで洗濯と漂白ができるのでいつも清潔に保つことができる優れものだ。

最近少なくなったが、私の地元では昔の隣組のなごりで近所に葬式があると、奥さん方が集まってその家のお手伝いをする習慣が今でも行われている。たいがい黒っぽい服の上に真っ白い割烹着姿で、きびきびと忌中払いの料理作りや買い物の準備に動いている。あの姿になると、老いも若きも細い人もそうでない人もスカッとした感じを与えてくれるのでとてもいいと思う。しかし最近の葬式は葬祭センターが請け負うようになって、時代と共に割烹着の出番も少なくなっているようである。

米国人の女性をホームステイに受け入れたとき、彼女にこの割烹着をプレゼントしたらとても喜ばれた。袖口にゴムが通してあって水仕事をしても服が濡れないし出かける仕度をしてあっても、上から簡単に羽織れるので服を汚さないのでとても便利だと言っていた。

最近この割烹着が見直されているそうで、ピンクやブルー、柄物などが売られているが、私はやっぱり白が好きだ。そして女性が和服の上に真っ白い割烹着を着て台所に立つ姿が、日本人の体型に合っていて美しいと思うのである。

どっこいしょ

　子供のころから我が家では朝日新聞をとっていた。新聞が来ると真っ先に漫画を見るのが楽しみだった。「サザエさん」を見るのである。あと「アッちゃん」も好きだったが、どうも内容が思い出せない。「フジ三太郎」も好きだった。「フクちゃん」は新聞上では見たことがない。

　この連載を書いている「阿夫利嶺」にも芝岡友衛氏の四コマ漫画が連載中であるが、無駄を無くし必要最小限の線で物事をとらえて表現し、尚かつもう一ひねりして笑いや涙を誘い、ときには時の首相の横っ面をも痛烈にひっぱたくことができる。四コマはすばらしい。そしてそれが描ける人がうらやましいと思うのである。この無駄をなくし、最小限で表現するというところは、俳句の世界とよく似ている気がする。

　四コマ漫画の「サザエさん」で、たしかカツオ君が買い物に行かされる場面があった。カツオ君が大根と人参だかの買い物に行く。彼は言われた買い物を忘れないように、口に出して「ダイコンイッポン・ニンジンサンコ」というように喋りながら行くのである。最後で八百屋の敷居をまたいだとき、「どっこいしょ」と言って、「どっこいしょください」と言ってしまうのである。私もこれと同じ体験をしたことがある。肉屋にコロッケとトンカツを買いに行かされたのである。忘れないように「コロッケイッツ・トンカツゴマイ」としゃべりながら歩いていった。ところが「くださいな」と言ったとたん頭の中が真っ白になってしまったのである。「あれ！　なんだたっけ、忘れちゃった」と言うと、肉屋には仲良しの同級生の男の子がいたので、肉屋の小母さんが「いいよ、電話して聞いてやるよ」と言ってくれたのである。

私の長女が四歳か五歳のころ、どうしても一人で買い物に行きたいという。もう一人で何でもできると、自信たっぷりであった。妻が「じゃあ、これ買ってきて、お肉屋さんでこのメモを渡すのよ」と言って行かせた。しかしいくら待っても帰ってこない。心配になっていると、今はご主人になった同級生から電話がかかってきた。「お前んとこの子じゃねえか、入ってこねえよ」と。店の前で泣いている女の子がいるというのである。飛んでいくと娘は店の前に立ったまま泣いていた。店に入ってなんて声をかけていいかわからず固まっていたのである。「大丈夫だよ、くださいな、と言ってごらん」と言わせて無事買い物はできたのであった。

（後日談だが、このとき娘は道に迷ってなかなかたどり着けなかったので泣いていたらしい）。

石鹸の味

父から戦前の各国の大使館の話を聞いたことがある。御用聞きで大使館に出入りしていて、英国も立派だったが一番調度品が豪華だったと感じたのは、スペイン大使館だったそうだ。アメリカやドイツはシンプルだった。戦前の列強各国のお国柄がうかがえる話だ。父が仕事を習い始めたころ、チーズはまだ一般庶民には珍しかった。父は勝手口から各国の大使館に出入りしていたので、時々パンやバター、チーズをもらったことがあり、家族にチーズを食べさせたところ、石鹸を食べているみたいだと言われたそうだ。

戦争が激しくなって、日本中が鬼畜米英と叫んでいたが、その前から外国人と接していた祖父や父はまわりの騒ぎをよそに意外とシラけていたのかもしれない。だから戦争が終わると祖父は「これで洗濯屋は儲かる」と言って、家族から非国民だと言われたのであった。

大使館の主な受注品はパーティーなどに使うナプキン、テーブルクロス、シーツ、枕カバーなどである。これらを洗濯して糊付けし、ハンドアイロンで仕上げるのである。電気が引けるまで炭火で焼いた焼き鏝で仕上げていた。炭火の上に三台ほどの鏝を置いて焼き、次々に取り替えながら仕上げるのである。ナプキンやテーブルクロスは耳をそろえすべて同じ色に仕上げていく。

同じ色と言ったが、少しでもアイロンを焼きすぎると糊が焦げて黄色っぽくなってしまう。そうなるとすべて洗いなおさなければならない。反対に焼が弱いと糊が立たない、乾きがあまくなり後でしわが戻ってしまうのである。とても年季と体力のいる仕事だった。

アイロン台には木綿の布団が乗っている。アイロンで蒸発した湿気は、この木綿の布団が吸い取るのである。作業が終わるたびに天気の良い日は日当たりの良いところで干し、もう一枚の布団とかわるがわる使うのである。

余談だが、父がアメリカ大使館に御用聞きで行ったとき、ちょうど太西洋無着陸横断飛行を成功させて「翼よ！　あれが巴里の灯だ」という言葉で有名なチャールズ・リンドバーグが、今度は太平洋横断飛行で日本に来ていて大使館で遇ったそうで、背の高い男だったと、聞いたことがある。この話を現在のアメリカ人に聞かせたところ、横断飛行よりも彼の子供が誘拐されて殺害された話の方を知っていたので驚いた。

算盤塾

小学五年生のとき、同級生のI君が算盤塾に行かないか、と誘ってくれた。それまで算盤というと祖父が使っていた五つ玉の箱型算盤しか知らなかった私は「算盤塾?」と聞くと、こういうのだと四つ玉算盤を出して、実演して見せてくれた。これが私の四つ玉算盤との出会いである。

一緒に行ってみようと、I君に付いていくと、隣町の新戸の芝居小屋の舞台裏に入っていった。教室は楽屋を間借りしていたのだ。私は楽屋なぞ見たことがなかったので、珍しくわくわくしていた。私の珍しい物好きといつもと違うことが始まると居ても立ってもいられなく性分は、このころからだったのである。中に入っていくと板の間に二人掛けのすわりテーブルがいくつか並べてあり、そのむこうに大きな算盤が横になって置いてあった。

先生は優しそうな人だった。耳の大きな方で、あだ名は「ぞうさん」だった。I君は私より一年早く始めていたのですでに五級を持っていた。私も通ううちに六級をとった。その後、中学になって部活が始まり算盤はやめてしまった。しかしわずかこの二年間がのちのち算数の計算にとても役にたったのであった。

算盤塾では数字の書き方も教わる。いわゆる事務員の簿記帳簿のように記入するので、この書き方が中学に入って数学の先生とぶつかるとは夢にも思わなかったのである。

数字の0123458は行の半分ほどに斜めに記入し、6の丸まった上に出ている棒は半分より上に出す。反対に7と9の棒は下に出すのである。数学のテストで答え合わせをしたとき、答えは2だった。このとき私は算盤の書き方で2と書いたのだが、先生の採点は×であった。先生に私の答えは2で合ってるのにというと、8に見えるというのである。私の2の書き方はギリシャ文字のガンマの小文字「γ」のように書いていたのだ。

以来、この先生の数学は身を入れて聞く気になれなくなってしまった。今考えればこのくらいのことで、むかついて数学を怠けたのを後悔している。だがこの先生の採点がきっかけで数字は誰にでもわかるように書く、特に2と8の書き方には気をつけるようになったのである。

算盤といえば、配達中のはずかしい思い出がある。お客様の玄関先で勘定をいただくとき、目の前で計算をした。暗算には自信があったので計算しておいくらですというと、「私の計算ではいくらになるよ、もう一度計算してみて」と言われた。すると奥さんの言うとおり私の計算が違っていた。奥さんは算盤塾の先生だったのである。頭をかきかき集金した思い出である。まだ電卓などない時分の話である。

振り切り

第二次対戦後しばらくは手洗、手絞り、麻縄での天日乾燥と、明治時代のようなやり方で仕事をしていた。その後、米軍の仕事をするようになって、水道と動力の電気がないと仕事ができないというと、当時の米軍の命令は絶対で、あっという間に設備をそろえてしまった。翌日には工事業者が来て工事をするのであった。

現在では家庭用の洗濯機や脱水機、乾燥機など誰でも簡単に手に入れることができるが、戦後しばらくは機械を買うにも金がなく、金があっても物がないというときがあったのである。皆、体で稼いでいた。洗濯機が来るまでは、大きな桶でザラ板と呼ぶ大きな洗濯板を使い、ごしごし手洗いをしていた。このザラ板は現在当店のモニュメントとなって店の左側に飾ってある。残念ながら木製の桶や竹製の大きな籠は今はない。すべてプラスチックに変わってしまった。

洗濯機はドラム缶を横にしたような、幅が一・五m、直径が一mほどで内側が木製になっているものだった。大きな鉄製のプーリーと呼ぶはずみ車とモーターがベルトでつながっていた。このベルトが時々すべって、キーキー音を立てて空回りすることがあった。そういうときは松脂《まつやに》の塊をベルトに塗りつける。するとまた調子よく回りだすのである。プロ野球のピッチャーやバッターが時々滑り止めに使うロージンバッグはこの松脂の粉である。

父は時々この松脂と石鹸でシャボン玉用の石鹸液を造ってくれたのを覚えている。松脂を入れると色がきれいになるといっていたが、あまり大きなシャボン玉はできなかった。

仕事量が増えて、祖父はどこからか手回しの振り切り（脱水機のことをプロはこう呼んでいた）を探してきてしばらくの間使っていたのを覚えている。

私は男ばかりの四人兄弟であるが、悪戯盛りで、あるとき近所の猫をこの振り切りに入れて回転させ猫をふらふらにさせたりして遊んだ。次に隣の放し飼いになっていた鶏も入れてみようと思い、鶏を捕まえようと追いかけ路地に追い込んだ。鶏を捕まえようとした瞬間、鶏は真上に飛び上がり私の目を突っついてきた。突然の鶏の反撃にびっくりした私は、それ以来、動物をいじめるのはやめようと思ったのであった。

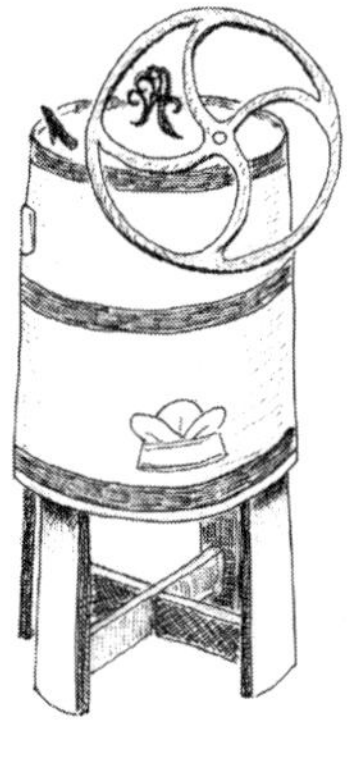

ジュミョウクラベ

昔の人は信仰心が厚かった。江戸庶民がそうであったように、祖父もそうであった。私の住んでいる座間あたりでも大山信仰があり、厚木や伊勢原、秦野には大山詣の大山街道の石標があちこちに残っている。

祖父は大山詣や秦野の白笹稲荷、成田山には毎年行っていた。大山さん（祖父はこう読んでいた）に行った帰りには、いつも大山独楽《こま》を土産に買ってきてくれるので、楽しみだった。

だからたいがい春先は独楽で遊んだ。独楽を回すには紐がいる。大抵専用の麻の紐であった。この麻紐は新しいと硬くて滑って使いづらい。一晩水に浸けておくとしんなりして使いやすくなるのだ。その紐の持ち手のこぶに、掃除に使うハタキと同じように手拭いを裂いた布切れを母に付けてもらった。

独楽回しのルールは、誰が最後まで回っていたかで回す順番を決める。このとき、全員が一斉に下手回しで「ジュミョウクラベ！」と掛け声を出して回すのである。

このとき、紐に付けたハタキが威力を発揮するのである。勢いが弱まると独楽に回転をつけるように独楽の横を回転方向に叩くのである。こうすると独楽はまた回転をつけ回り出すのだ。しかし最後には止まってしまう。誰が一番最初に止まるかを見極め、最初に止まったものから順に回し始める。次に止まった者が回すのだが、このとき、最初に回した独楽にぶつけるように回すのである。早く倒された方が負けになる。勝った方が次に回す、そして次がぶっつけてと、順にやっていくのだ。

小さな子はうまく回せないのでいつも最初に回すようになる。たいがいガキ大将が最後に回す。年上の回し方は普通と違う。まるで野球のピッチャーのような投げ方で放り投げて回すのである。まともに独楽と独楽がぶつかるとすごい音がして、当てられた方の独楽はすっ飛んでしまう。こうなるとガキ大将は横綱にでもなったような気分で、もう一度やるぞと声を掛け、また「ジュミョウクラベ！」とやるのである。しばらくやっていると、独楽の心棒は磨り減ってきてしまい、なかなか良く回らなくなる。表面も傷だらけである。ハタキも磨り減ってボロボロだ。それでもみんなでぶっつけ合う。

ちょうどそのころテレビが始まり、みんな電気屋の前に集まりプロレスの中継に夢中になっていた。子供たちも早速プロレス言葉を使うようになった。独楽を回すにも、「岩石落とし」といってプロレスの技を真似て独楽の真上から垂直に落とす技などが出てきた。テレビが普及すると共に何時の間にか広場から子供たちの「ジュミョウクラベ！」の言葉も聞こえなくなっていった。

チャーシューメン

一番下の弟が歩けるようになったころ、母と弟二人と四人で町田に映画を観にいった。初めてのことで私たちはうれしくてたまらなかった。映画のことはまったく覚えていないが食堂に入って好きな物を食べてよいことになっていたので、私は迷わずチャーシューメンを頼んだ。中華そばは地元のラーメン屋でお祭りのときに食べたことがあったが、いつもラーメンしか食べさせてもらえなかった。私はあの焼豚がたくさん乗っかっているチャーシューメンを一度でいいから食べてみたかったのである。

チャーシューメンといえば、父と喧嘩して家出をしたことを思い出す。そのころ父は朝四時から起きて仕事をしていた。父は私が起きてくるのが遅いので気に入らなかった。もっとも早く起きてもすぐには配達に出られないので、早く起きてもしょうがないことはわかっていたのであるが、いつまでも寝ているのが気に入らなかったのだ。普段のいろいろなことが積み重なって売り言葉に買い言葉で、「じゃあ俺はこの仕事をやめるよ、家を出て行く」と言ってしまった。父は「お前なんかの行くところなんかありゃしない、朝だってこのザマでどこにも勤まるわけがない」と言った。その頃私は良きにつけ、悪しきにつけ友達が大勢居たので、泊めてもらうところはどこにもあった。「ああ、そうか、じゃあ今日から出ていくから」と言って、友人宅に泊めてもらうことにした。

父と母は相当がっかりしたようで、力なく後始末だけはして行ってくれと言った。次の日から朝は七時に起き八時前には店に出るようにして、きりきり働いた。毎日仕事が終わると、夕飯は両親とは一緒に食べず友人の家でお世話になった。一〇日ほどしたある日、友人は夕飯に私を中華料理店に誘ってくれた。なんでも好きな物を食え、というので、私がラーメン、というとチャーシューメンを食べろという。チャーシューメンはご馳走だったのだ。今後どうしようか話し合った。友人は「お前が頭を下げてもう一度やり直した方がいい」と言った。私もああは言ったがどうしようか、迷っていたのだ。「あの年寄りを二人にするのはかわいそうだ、お前が大人になれ」と友人は言ってくれた。「わかった、そうしよう」とそれからは働き方を変えたのであった。それ以来、父は私のやることには口を出さなくなった。

中華料理店で、私はいまだにチャーシューメンは注文しづらいのである。

タバコの味

小学校の六年生のころだったと思うが、クラスの皆で甘酒を造ったことがあった。ご飯を炊いてから麹を使って造る昔ながらの本格的な方法だった。その日は教室に夜遅くまで残ってクラス全員で甘酒を造っていたので、先生が男子は女子を送っていくようにと言われたのをおぼえている。

普段と違うことが起こるとわくわくして、眠気も忘れてはしゃいでいたのだった。仕込みが一段落して時間が空いたので、友達と校舎の中を探検しようと、普段入ったことのない校長室の戸を、そうっと開け入って行った、壁には歴代の校長先生の肖像画や写真がかざってあり、大きな表紙の本がずらっと並んだ本棚があった。部屋の真ん中に大きな火鉢があってタバコの吸いかすが灰の上にあった。大人たちが吸っているタバコとはどんな味か試してみようと、火はつけずにくわえて、格好だけ真似てみた。とたんに口じゅうに苦味と臭さが広がり、なんとまずい物を大人は吸っているのだと思った。

学生時代は水泳をしていたので、タバコは吸わなかった。卒業して仕事をするようになってから遊び半分で吸い出した。あるとき父と出かけることがあり、帰りに父が焼き鳥でも食うかと、家の近くの赤ちょうちんに行った。この店は元は戦後、米兵相手の「ピースクラブ」というバーだったところで、その後、赤ちょうちんの飲み屋になったのである。二人でビールを飲んだのは初めての事だった。父の前で初めてタバコを吸った。「何だ、もうタバコ吸ってるのか」父の反応はそれだけで、やめろとも何とも言わなかった。多分社会人になったからだろう。その後四〇歳まで一日にハイライト二箱吸っていた。父と一緒に仕事をしていたときに二人同時に流感にかかり枕を並べて一〇日以上寝たことがあった。このときタバコを身体が受け付けなくなって、しばらくの間吸わなくなっていた。後でわかったことだが、このとき肺炎を起こしていたのだった。その後結婚して子供が産まれて子供のために良くないからタバコは止めようと決心したのである。

話は変わるが、タバコのヤニが服につくとシミ抜きにはアルコールを使う、ヤニがアルコールに溶けるからだ。酒を飲むとタバコを吸いたくなるのはこのせいではないかと思うのだが、タバコは百害あって一利なしだ。吸っている方は血管が収縮し脳卒中や心筋梗塞になり苦しむ前に禁煙、そして断煙しよう!

かぎ裂き

日本の夏はヨーロッパに比べると湿気が多くて蒸し暑い。そのため我々の祖先は夏を乗り切るために色々な工夫をしてきた。陽射しを遮る葦簾《あしすだれ》、糸瓜《へちま》や朝顔の蔓ものを植えた。エコロジーとかでこの方法は現在も見直されてあちこちに見られ、私もゴーヤを植えたことがある。夕方には道路に水を打ち、縁台を出して、蚊取り線香を焚きながらの夕涼みをしたものである。

暑い夏を乗り切る服装は世界中にいろいろある。日本では浴衣、ハワイのアロハシャツとムームー、インドのサリー、タイやインドネシアの麻のシャツやジャワ更紗。一般に夏の服装は肌に直接触れないで、風通しの良い、しかも日射しを遮る方が涼しい。ご婦人たちのムームーやアッパッパ、麻や紗の着物などはいかにも涼しそうだ。

私の店ではワイシャツの糊付けを、夏場は冬に比べて少し硬めに調合している。この訳は汗で襟がすぐヨレヨレにならないためも少しあるが、少し硬めの方が着用していて風通しが良く汗がすぐ蒸発して涼しいからである。

夏のちぢみのシャツは肌にまとわりつかないので、着ていて気持ちがいい。私も何着も持っている。シャツ数枚と甚平《じんべい》だ。このシャツの一枚にかぎ裂きを作ってしまった。前身頃の下のあたりでズボンから出して着るとかなり目立つところだ。グリーンと黄色のチェックの半そでシャツで、いつものようにズボンから出して着ようとしたら、当て布がしてあり手縫いで繕ってあった。しかもまったく違う色でチェックの柄のシャツなのにそこだけラズベリー柄である。目立つ事この上ないが母が繕ってくれたので、仕方がないのでズボンの中に入れて着ている。店のパートさんたちに見せて「どう、これ、色っぽいでしょ、母が繕ってくれたんですよ」というと、皆さん和やかな顔をされて「良かったですね」と言ってくれる。

当店のメニューにも洋服の修理はある。日本ではリフォーム、英語ではアルタレイションと言う。ファスナーの交換、サイズ直し、裏から当て布をしてのミシン修理、虫食いやタバコの穴をわからなく直すカケハギ修理などがある。私のシャツの繕いは柄が合わなくて外出には着られないが、このシャツを着るたびに母を思い出すので、母の形見として古くなっても捨てられない一枚となっている。

ピカドン

昭和の三〇年代当時はまだ戦争の爪跡が色濃く残っていた時代であった。電車に乗れば白い服を着て、兵隊の帽子をかぶった人が時々いた。その人は松葉杖をついていた。子供の目にはその格好が不思議で、「あの人、何?」と、指指してしまうと、「人に指を指してはいけません」と母から言われたものだった。その人は傷痍《しょうい》軍人というのだと親から聞いた。戦争で片足を失った人とか、片腕をなくした人たちで、気の毒な人たちなんだと聞かされた。私たち子供にはなぜ白い服を着て街角に立っているのかわからなかったのである。

そのころ子供ながらに怖さを感じることがあった。それは雨が降ったときだった。雨にはピカドンの放射能というものが混じっていて、頭に雨水がつくと髪の毛が抜けるという話が誰からとなく伝わってきて、雨に濡れないように気をつけていた。ピカドンはすごい爆弾で一発で町が消えるくらい怖い爆弾なんだと、子供たちの間にも話は広まっていった。しかし子供たちはそんなことは意に介せず、戦争ごっこやチャンバラごっこに明け暮れていたが、親たちには「もうあの時代には絶対もどらないぞ」という目に見えない意気込みのようなものが感じられていた。

当時、遊びは自分たちで作り出すもので、いつも私たちを引き連れていた隣の家のガキ大将のお兄さんが鉄砲を作ると言い出した。こうもり傘の真ん中のパイプを銃身にして、木で持ち手を作り、火薬が詰まる真上に金ノコで傷をつける。火薬は紙に包まれたおもちゃの鉄砲の火薬をほぐす。それをパイプに詰め、そこに新聞紙を押し込み火薬の蓋をした。その真上に紙火薬を輪ゴムで止める。針金で撃鉄を作り、長めのゴムひもで銃の先と結ぶ、それを手前に引き付け手を放すと、針金が火薬の上に勢いよくもどって、パイプの中に詰めた火薬に引火し弾が飛び出す、という構造だった。

完成したとき、相武台下の引き込み線にあった車止めに鉄砲を括り付け、パイプの中には釘と石を入れ弾の代わりにした。弾が貫通するか見るために、銃口の前に杉板を置いた。撃鉄を紐で結び遠隔操作で実験は行われた。ドカンと言う音がして煙が上がった。駆け付けると弾は飛び出さず、本来は手で持つところが吹き飛んでいた。もし手で握って狙いをつけていたら大怪我をするところであった。実験は失敗したが、危険なことだと実感した。

列強各国はその後、核開発競争へと突き進むのである。

石鹸と洗剤

ご家庭では毎日のように洗濯をされると思うが、そのとき使う石鹸と洗剤はどう違うのかご存知だろうか。石鹸の歴史は人類の文明が始まると同時に現れている。洗浄に関する最も古い記録は紀元前三千年前にさかのぼる。ローマ時代初期、サポーと呼ばれる丘の神殿で羊を焼いて神にささげる儀式があった。このとき滴り落ちる羊の脂と薪の灰が結びつき、偶然石鹸らしきものが生まれたのである。羊の脂がしみ込んだ泥に洗浄力があることを知った人々は、その泥を洗剤として利用するようになった。石鹸、英語のソープ「sope」の語源はこの丘の名前「sapo」に由来すると言われている。

動物の脂と木灰で偶然石鹸ができることを知った人々は、脂に木灰を混ぜて石鹸を造り始めた。

一二世紀に入りフランスのマルセイユ、イタリアのサボナ、ベネチアなど地中海沿岸地方で、特産物のオリーブオイルとバリラ（海藻の灰）で固形の石鹸が造られるようになった。動物の脂で作ったものより嫌な匂いがないので、大好評を得たのである。

石鹸は油脂が分解したとき生成する脂肪酸とアルカリが結合したものである。木灰に含まれるアルカリは炭酸カリウムで、海藻に含まれるアルカリは炭酸ナトリウムである。アルカリの種類により硬い石鹸になったり、柔らかい石鹸になったりする。日本で石鹸のことをマルセル石鹸と呼んだのは生産地のマルセイユに由来している。

その後改良を重ね、ソーダの安価な製造方法が発見されると、石鹸はヨーロッパに広まり当時大流行していたコレラやペストの病原菌から人々を守るための衛生の向上に大いに役立ったのである。しかし石鹸は脂とソーダで造られるのだが、第二次世界大戦中、脂の入手が困難となり、天然油脂の代わりに石炭を乾留したとき生成するコールタールを利用した洗浄剤がドイツで開発された。これが合成洗剤の誕生である。

その後改良が加えられ、石油から取れる高級アルコールを原料とした洗剤ができ、単独だと洗浄力が弱いので、石油製品からビルダーと呼ばれる洗浄促進剤が発明され、一気に合成洗剤は世界中に広まったのである。しかし当初のビルダーにはリンが含まれていたため、川や湖を汚染し社会問題となり、リンを含まないビルダーが生まれた。

今日ではさらに改良が加えられ無リン洗剤などができているが、まったくゼロではなく基準値を下回ればよいので、環境を守るためには厳密には天然油彩の粉石鹸が安全だ、と私は思っている。全世界の洗剤の消費量は業界が使う量より全家庭で使う方が断然多いからである。

羊毛

羊毛の繊維の表面は、顕微鏡で拡大するとスケールという魚のウロコのような形をしていて、規則正しく毛根から毛先の方向に並んでいる。スケールは外部の湿度によって開いたり閉じたりして、繊維内部の温度調整をしている。羊毛の繊維の一本一本には細かい縮れがあり、これは繊維の構造上の性質で糸になって織物になって行く過程で、伸ばされても元に戻ろうとする性質があるからである。羊毛のコートに水滴が落ちても染み込まず丸くコロコロとした形になる。これは羊毛に水を弾く撥水性があるからで、また羊毛一〇〇%の靴下はむれがなくはき心地が良い。というのは羊毛には吸水性もあり、この一見矛盾する性質は羊毛のすばらしい性質なのだ。

スケールは表面を薄い膜でおおわれており、水を弾き、もう一方で薄い膜の下には水を吸収する性質の層をもっている。そのため吸水性と撥水性の相反する性質を兼ね備えているわけである。

細かい縮がちょうどバネのような働きをして、弾力性に富み、そのため繊維がシワになっても回復が早い。だから、ウール一〇〇%のジャケットにシワができても、霧を吹きかけハンガーにかけておくだけでシワは元に戻ってしまうのである。

縮れのある羊毛繊維は束になるとうねって空気の層を作り、空気の層は外気の冷たさを身体に伝えたり、体温が外に逃げたりするのを防ぐ壁の役目を果たしている。含まれる空気の量が多いほど繊維は深温性に優れるため羊毛の縮れはすばらしいのである。

チリチリと縮れているうえ、うろこ状のスケールを持つ羊毛繊維は紡ぎやすく糸になっても抜けにくくなる。羊毛繊維は洗濯機で揉み洗いすると、極端に小さく縮んでしまう。縮みやすい性質は、スケールが影響している。うろこ状のスケールは水中では広がり絡まりやすくなる。洗濯するとスケールとスケールが引っかかったところへ揉む力が加わって更にもつれて縮み収縮（フエルト収縮）の原因になる。この性質を利用して作られたのが、「フエルト」である。フエルト収縮は乾燥状態やドライ溶剤中では起こらない。しかし脇の下や股下の部分では汗の湿気を受けやすく、さらに揉み作用が常時加わるところなので、汗をかきやすい状態で長時間続けると収縮を起すのである。

羊毛は髪の毛とほぼ同じなので、髪の毛をシャンプー、リンス、ブラッシングしてやるといつもきれいな状態に保つことができるのと同じで、クリーニングとプレスは羊毛繊維の性質を復元することになるわけである。

だるまストーブ

我が家とまわり一〇軒ほどは、元陸軍の官舎住宅で皆同じ間取りの造りだった。南向きの平屋で六畳と四畳半の座敷、風呂場と女便所と男用があり、土間に台所、中央に玄関と二畳があった。玄関は一坪ほどあり玄関に重きを置く昔の造りだった。この六畳間の廊下を改造して米軍相手に洗濯屋を再開したのである。仕事が忙しくなるにつれ廊下はどんどん外に向かって増築していった。そして庭に本格的な店を作った。

私が物心ついたころ、ある日玄関に父がどこで見つけてきたのか、だるまストーブを据え付けた。初めて見るストーブは大きくて長い煙突が家の中から外に張り出し不思議な物だった。このストーブの火力は強く家じゅうが暖かくなったような気がした。二冬ほど使っていただろうか、商売がいそがしくなって、また弟たちが産まれ危険なので、ほどなく撤去されてしまった。

ストーブがあったころのクリスマスの夜、母が「あっ！　今ストーブのあたりで何か音がしたみたい、サンタクロースかもしれないよ」と言った。私と弟は煙突の所まです飛んで行った。そこで大きなプレゼントの箱を見つけて大はしゃぎしたものだった。この煙突のところにサンタが来る、というやり方は私も自分の子供たちにやっていた。そして今も孫たちに「あっ！　今ボイラー室の煙突のとこで何か音がしなかった？　サンタクロースかもよ？」とやっている。娘たちとこの話をしたとき、長女は小学校二年生ぐらいまで、サンタクロースを信じていたそうだ。今孫が五歳を過ぎ、おもちゃ屋のチラシを持ってきて、「ママ、クリスマスにはこれ買って！」と言うようになったそうで、もういいかげんな返事はできなくなったと言っていた。

しかし日本は面白い国である。正月の休みで新年を祝い、節分や雛祭り、春祭り、端午の節句、お盆などをして秋になると秋祭り、そしてハローウィン、クリスマスでプレゼントを楽しみ、年末の正月を迎える準備、和洋折衷とはよく言ったものだ。この新しい年を迎えるという前に、古い年を忘れる、忘年会がある。そして正月の準備から年末、新年と徐々に年が明けてからも余韻に浸る、旧正月まで楽しむ方もいる。

それに比べキリスト教ではイースターからだんだんクリスマスまでの雰囲気を盛り上げ、静かに家族そろってクリスマスを迎える。そして二五日を過ぎるとクリスマスモードからいっきに普通の生活に入る。切り替えが早いと思う。日本人が余韻を楽しむのに比べキリスト教圏ではプロセスを楽しむ気がするが、いかがだろうか。

あられ

師走も二五日過ぎると洗濯屋は大忙しになるので、正月の餅は、我が家では近所の米屋に注文していた。当時ほとんどのお客様はその年の汚れはきれいにして新年を迎えようとしていたので注文が殺到して、暮れは餅つきどころではなかったのだ。そんな中、一度だけ我が家で餅つきをしたことがあった。子供たちに本当の餅つきを見せてやりたいという父の発案だった。家族総動員で餅をつき、のし餅にしたり、つき立てを餡ころ餅やきな粉にまぶして食べたのを覚えている。

正月気分が抜けたころになると、母が「あられ」を作ってくれた。家族一〇人と住み込みの従業員三人の大家族で、正月の伸し餅も二〇枚くらい注文していた。兄が包丁で切っていくのを見ながら私も運ぶのを手伝った。餅を切っていくとどうしても半端が出る、その半端はさいの目に切っておく、カラカラに乾燥させておいて、油で揚げるとあられ(かき餅)ができる。揚げたてに塩をふるのと、砂糖をまぶすのがあった。大人たちは醤油味だった。弟たちは砂糖味を食べていたが、私は大人たちの醤油味が好きだった。鏡餅でも作った。油で揚げても芯まで火を通さないと硬かったが、まわりがカリッとしてこれに醤油が染み込んでとても美味かった。今でもコンビニでかき餅を買ってくると、醤油をかけて食べたくなる、あの味がするのだ。

話は変わるが、今でも職人の世界にはお三時《さんじ》というのが残っている。農家でもお小《こ》十《じゅう》と言って三時に一息いれる。こういうとき昔は茶菓子などではなく、かき餅や雷団子などを食べながら一服したのだ。雷団子は水でといた小麦粉に、さいの目に切ったサツマイモを入れてゲンコツほどの大きさにして蒸しあげたもので、母が作ってお三時をした。

夏には食べ残しの飯を水で洗って笊に入れて日に干しておく、毎日少しずつ干しているとカラカラに乾いて、ある程度たまると、油で揚げて砂糖をまぶしたりフライパンで砂糖をからめながら炒る。家内の家では油で揚げて砂糖をまぶし固めて、おこしにしたそうだ。さつま芋のころになると、茶巾絞りを作ってくれた。近所で遊び回っていても、三時になると友達を連れて「何かない？」と言ってねだった。すると母の手作りの食べ物を新聞紙に一人分ずつ包んでくれた。これらの味はいまだに忘れられない郷愁を誘う味である。

匂い

我が家の近所に米国人の奥さんを持つ方が越されてきた。奥さんは日系人で顔はアメリカ人の顔だったが、日本語はペラペラだった。ご近所のよしみで仲良くなって時々お邪魔しては、カントリーミュージックやブルース・ハープの音楽を聴かせていただいた。ご主人が自動車やオーディオに凝っていてウマが合ったがあったからだ。あるとき匂いの話になった。私が米軍基地の建物に入ると独特な匂いがする、と言ったら、初めて日本に来た外国人が最初に感じることは、どことなく魚の匂いがするのだそうだ。これは空港や街中で料理店が出す魚の出汁《だし》の匂いらしい。そういえば香港で街を歩いたとき香草の匂いがしてきて、中華料理独特の匂いがしたのを思い出した。

米軍の建物の中の匂いは香料の匂いだと思う。本国から派遣されている軍隊なのだから、衣食住からすべての物資を米国本土から持ち込んでいるわけで、兵隊たちの衣服は基地の中の大きなランドリー工場で洗濯されている。基地の建物内を掃除管理するのも米国の洗剤やワックスが使われているし、彼らが吸っているタバコもすべてメイドインUSAで、言うまでもなく基地内は治外法権で米国なのである。

第二次大戦後、日本各地に米軍が進駐してまず行ったことは、各駐屯地のそれぞれに巨大なGHQランドリー工場を建設したことである。このことはあまり一般的には知られていないだろう。中でも東京の築地にあったランドリー工場は世界最大で最新鋭の設備を整え、およそ五〇〇人の日本人従業員が働いていた。それらの工場で日本に駐屯する米軍人とその家族たちの衣類、ドレスからシーツ、カーテン、兵隊たちのユニフォームや下着までのすべてがクリーニングされていたのである。

祖父と父は、座間にこのGHQランドリーができるまで基地の中で働いていた。平成になって私も英会話の先生に頼まれて、相模原のランドリー工場で日本人従業員にシミ抜き研修をしたことがあるが、一国の軍隊の工場というものを垣間見ることができ、そのときまさに米国のソープの匂いを嗅いだのである。当時の米軍のランドリー工場は世界最高の水準とシステムを誇っていた。今では日本の民間のクリーニング工場の方がはるかに進んだ設備を備え、システムから技術まで世界最高の水準となっているが。

さて日本の匂いだが、最近外資系のスーパーが進出して強い香りの洗剤や柔軟剤が売られるようになり、電車の中でも外国の匂いを感じるのであるが、当店の洗剤や柔軟剤には無臭タイプのものを使っている。人の好みは十人十色だからである。

スクレーバー

欧米の家にお邪魔すると、当然ながら靴のまま家に入るわけだが、泥だらけのままの靴でフロアーや絨毯《じゅうたん》の上に上がってよいはずがない。現在のように道路が舗装されてない頃、冬の霜解けの道を歩いて帰宅すると、靴の底は泥だらけである。

昔から玄関の前の入口横には、神社の鳥居を小さくしたような形のスクレーバーというものを埋め込んでおき、家に入る前に靴底に付いた泥を、これでこそぎ落とし、マットで良く土をはらってから入るのである。都会では現在ほとんどの道路は舗装されているが、田舎に行くとこれが必要になる。スクレーバーがなくても十分に靴底の泥を落として入室するのが現在でも礼儀である。

そして最近は、日本の風習が西洋でも見直されているという。家に上がるときに靴を脱ぐ習慣である。現在でも家履き、外履きと分けている家はあるらしいが、本格的に日本と同じ風習を取り入れ、家の中では靴は履かずスリッパや家専用の軽い上履きを履くのだそうだ。この方が家の中が汚れずに気持ちが良い。日本の風習は衛生的で合理的なのだそうである。家の中に入るとき靴を脱ぐ風習があるのは、外国ではトルコがそうである。トルコ人が日本に来たとき、トルコと同じに靴を脱ぐ習慣に親しみを感じるのだそうだ。

トルコは昔から親日派である。それはオスマン帝国時代のトルコの軍艦エルトゥールル号が明治二三年に和歌山県串本沖で遭難したとき、串本の人々が乗組員を救助し手厚く援助したことによる。この話はトルコの小学校の教科書にも出ている有名な話なのだそうだ。

イラン・イラク戦争のとき、イラクのフセイン大統領は上空を通る飛行機は打ち落とすと言った。各国が救助の飛行機を向ける中、日本はテヘランで孤立した邦人救出の飛行機を手配できずにいた。そのときいち早く救援の飛行機を出してくれたのは、トルコ航空だったのである。

八ミリ映画

八ミリ映画と言えば、仲間と行った草津のスキーを思い出す。一九の頃、友人たちと草津のスキー場に行ったときのこと、スキーの経験があるのは私だけで、他の友人たちは皆初めて体験するものばかりだった。天狗山に登りボーゲンで下ってくるのだが、あろうことか八ミリのキャメラを持ってきたやつがいたのだ。八ミリのキャメラを持って降りられるのは私だけしかいない。しかたがないのでヤッケのフードにキャメラを入れ降りることにした。皆初心者ばかりであっちにいっては転び、こっちにきては転んでいた。私も始めのうちはボーゲンでゆっくり降りて行ったのだが、新雪にはまって転んでしまった。しかしフードの中にはキャメラがある。後ろ向きには転べないので、女性が自転車の後ろに横乗りするようにしてできるだけショックが伝わらないように転びながら、降りてきたのだった。ヤッケのフードがキャメラの重みで首に食い込み、苦しくて途中で何度も息継ぎをしながらだった。

時々、皆で撮影したフィルムを見るのが楽しみだったが、あるとき画面に変な画像が現れた。何かアメーバーのようなものが、ゆらゆら揺れながら映っている。フィルムが機械に引っかかって燃え出したのだ。映画のフィルムは燃えやすいセルロイド製で、映写するための強力な電球の熱で詰まって動かなくなったフィルムが発火してしまったのだった。

当時はビデオはなく映像を残すには、八ミリ映画しかなかった。しかし八ミリのキャメラは高額でなかなか手に入れるのは、難しかったのである。

私が小学生のころ、当時では珍しかった八ミリ映画を相武台の伯父がどこからか手に入れてきて、子供たちに見せてくれた。伯父さんはとてもしゃれもので伯父さんの家には、我が家にはないものがあった。三味線、ギター、獅子舞のセット、風呂には岩場がつくってあり、野天風呂に入っているような雰囲気だった。庭の池は箱庭のように山や川、橋があり、岩山からは清流が流れていた。

伯父さんの家には同い年の男の子と、伯父似の美人の姉さんたちが四人いた。従兄弟とはいえ我が家は男ばかりで、泊まりで遊びに行くときはいつもと違う雰囲気で戸惑うことがあった。我が家では夜は八時には寝かされていたが、八時から見る大人のテレビ番組では日劇のラインダンスに胸がどきどきしたものだった。

十銭屋

私が五歳くらい（昭和二七年）のころ、父方の一番下の叔母が結婚して、東京の三鷹の下連雀に所帯を持った。叔母は自分のことを私たちに、「お姉さん」と呼ばせていた。一番若かったせいか「オバサン」と呼ばれるのが嫌だったらしい。八〇を超えた今でも「お姉さん」である。私が保育園児のころ、自宅に連れて行って遊んでくれたのを覚えている。自宅は満州からの引き揚げ者が入るアパートで、コンクリート造りの四角い建物が私には珍しく感じられた。このアパートの二階が叔母の新居だった。私はこの二階の窓から新聞紙を切っては落とし、もみじの実がくるくる回りながら落ちるのと同じように、新聞紙の破片が回転しながら落ちるのを面白くて眺めていたのを覚えている。この話を叔母にしたら、あの後掃除が大変だったと言っていた。

朝食にジャムをつけた食パンを出してくれた。このジャムは私がいつも食べている「十銭屋」のとは違っていた。アイスクリームのように紙のカップに入っていて、味も甘くておいしかった。何より好きなだけパンにぬれるのがうれしかった。

「十銭屋」は我が家の近所の駄菓子屋でこの屋号は、ここの親父さんが、リヤカーに日用品を乗せて売り歩く、「なんでも十銭」の引き売りをしていたのでこの名前がついていた。店にはメンコ、ビー玉、当てくじ、黒っぽいちり紙と白いちり紙、洗剤やはたきなどが置いてあり普段の生活に必要なものはここで用が足りたのである。今で言えばコンビニであろう。

十銭屋のおばさんにジャムパンを注文すると、おばさんは一斗缶に入ったジャムをへらでかき回し、へらにジャムを乗せ、縦に切ったコッペパンにトンと置き、残ったジャムは缶にもどして、パンのジャムをへらで薄くのばすのだった。するとえんじ色のジャムが薄いピンク色になっていた。おばさんのこの芸当はすばらしく、ジャムがあるのかわからないくらいだったが、ほんのりジャムの味がした。物がない当時の腹をふさいでいたのだった。しばらくしてピーナッツバターも出てきたが、なぜかジャムだけが記憶に残っている。

ここには毎日買い物に行くので、当てくじが来るとすぐに買っていた。毎回毎回同じくじだったので、当たりはどこに入っているかほとんどわかっていた。だから店のおばさんは「ヒロボーが当たりばっかり買っちゃうので、後が売れないよ」と嘆いていた。

支那そば

結婚するまで、我が家では店屋物を取って食べた記憶があまりない。それは祖父の影響だと思う。母が嫁にきて味噌汁や煮物、煮しめ、雑煮などの味付けはすべて祖父が味見したそうだ。そのせいか父も母の手造りの料理を好んだ。考えてみれば贅沢な話である。その上母にも仕事をさせていた。そして食事の支度もしなくてはならないのだから、母の忙しさは大変だったと思う。

今はレンジでチンできるが、昔はこうはいかなかった。朝は味噌汁、御飯、海苔、納豆など今でも定番の日本食である。昼は忙しいのでたいがい冷飯に暖め返しの味噌汁に焼き魚、夕べの煮物などである。夕飯には父が晩酌をするので、早めに酒の肴を作っていたが、私たち子供には先に食べさせていた。父は自分の眼の前で子供たちが食事するのをうれしそうに見ながら、それを肴にして一杯やるのが好きだった。

母は時々支那そばを作ってくれることがあった。しかしそれはラーメン屋の味とは一味違っていた。具はたくさんなのだが、たいがい挽肉がたくさん入っていて、何か肉そばのようで、どうしてラーメン屋の味にならないのか不思議だった。

私が小学校の五、六年生のころだったと思うがはっきり覚えていない。母と弟たちと四人で後にも先にも一度きり、忙しい時間の中、町田に映画を観に行ったことがあった。

多分町田ロマンか日活だったと思う。昼に皆でラーメン屋に入った記憶がある。それはとても美味しくて、「かあちゃんはなぜこういう味に作れないの?」と聞いたことがあった。しかしその日ハプニングがおきた。中華料理の店で丸テーブルに座ったとき椅子が一つ足りなかった。母は隣の席の客が立ち上がったので食べ終ったのだと思い、椅子を引いて自分で座ったのだ。そのときそのお客がドデンと尻餅をついてしまったのである。突然の出来事に母は平身低頭謝っていたが、私たち子供はこの滑稽な出来事に笑いをこらえるのが大変だった。そしてこの出来事で折角の映画と久しぶりのラーメンの味はあまり記憶に残っていない。たしか町田のクロンボという名前の店だったと思う。

ズック

スニーカーなどに使われているズックの語源はオランダ語の「doek」から来ている。麻糸を太く撚って厚く密に織った耐水性のある丈夫な布のことで、靴、テント、帆、布袋などに使われる。言葉としては明治時代に入ってきた。一八八〇年代にイギリスでスポーツ用に使われ始め、日本では昭和二〇年代にオニツカ（現アシックス）が学校に納めたのが始まりである。麻やからむしの履物は縄文時代からあったようだが、庶民は江戸時代頃まで裸足だった。ローマ時代の軍隊はサンダルの裏にローマ帝国など彫り、足跡で敵を恐れさせたそうだ。ズックという布でできた靴をズック靴と呼んでいたのが、いつのまにか布製の靴を指す言葉として使われるようになったようである。

子供のころは黒いゴム製の運動靴をズックと言っていたが、正確にはゴム靴の方が正しいようだ。機械でポンポン造れそうなすべてゴム製の安物だったが、外を飛び回るには下駄より動きやすかった。

一八歳のころ、商工会に青年部ができるというので、前商工会長のO氏と元綾瀬の商工会長であるK氏が当店に来られた。K氏は私のお得様だったので存じ上げていた。父は二つ返事で私の入会を受けてしまった。部員の中には前座間市長のH氏もいた。

当時はまだ皆二〇代ではちきれんばかりの若さであった。H氏が青年部の部長だったとき、小学校のグラウンドで「商工まつり」、現在の「市民ふるさとまつり」を開催したことがあった。皆で夜遅くまで、店名の入った提灯を飾りつけた記憶がある。

模擬店では焼き鳥や喫茶店を出したりしたが、あるとき「雑ッ多市」を企画したことがあった。現在のバザーである。町中の店を回って、売れないで棚で眠っているものや、倉庫にしまったままの品、安く売ってしまいたい物などを拠出してもらい、当初は処分の肩代わり的であったが、この中に昔懐かしい子供のころ履いていた黒の「ズック靴」があったのである。そのほか火鉢や古い瀬戸物、金物など色々な種類の品物が集まった。骨董品屋が見たら欲しくなるような物だった。

昭和四〇年代、町にはまだ昔のスタイルの店があった。下駄屋、呉服屋、魚屋、肉屋、靴屋、花屋、本屋、食料品店、百貨店、洋服の仕立て屋、パン屋、米屋、炭・燃料店、メガネ屋、洗濯屋などである。そして米国式の大型スーパーができて日本中の商店街から一軒また一軒と地元の店が消えていき、現在ではそれらの店に変わって「コンビニ」や「スーパーマーケット」「ショッピングセンター」となっているのである。

アシナガ蜂

「ヒーローちゃん」と隣のT坊ちゃんが窓辺で声をかけてきた。遊びの誘いだ。当時は、外をかけずりまわっていたので、男の子はすり傷や怪我がたえなかった。毎日学校から帰ると木登りをした。どんな木が登りやすく、どんな木が折れやすいか身を以て知っていた。私も木から落ちた事がある。元ジャイアンツの長嶋選手は子供のころ、木から落ちたとき、釘が足の裏に刺さって大怪我をしたそうだが、私は幸いそのときは何もなかった。しかし一度落ちると、どうすると危ないかわかるので落ちなくなるものである。好きな木はもみじだ。子供が登るのにちょうど良い太さと幹の肌触りが気持ち良いのだ。かしの木にも登ったことがあるが嫌いだった。子供には太すぎて肌触りもゴツゴツしていて登りにくいからだ。

夏になると森や林にクワガタやカブトムシを獲りにいく、そんなときでも少しぐらいの太さの木なら平気で登れた。しかし昆虫のいる場所は、崖の途中や崖からせり出した所などで、落ちれば大怪我をする危険もあった。もう一つ怖い事がある。それは樹液を吸いにくるのはカブトムシやクワガタばかりではなくアシナガ蜂やスズメ蜂も来るからである。うかつに手を出せば刺されてしまう。しかし何もしなければ襲ってこない。よく家の中に蜂が入って来ると大騒ぎをするが、あの蜂は人を襲わない。窓からたまたま入っただけなので窓や戸を開けておけばそこから出て行ってしまう。しかし巣づくりの頃の蜂は恐い。誤って近付くと巣を護ろうと襲って来るのだ。

裏道で隣のT坊ちゃんと毎日のようにキャッチボールをした。当時はまだ養蚕《ようさん》がさかんで、そこら中に桑が植えてあった。あるときボールが外れて桑の木の中に入ってしまった。まだ葉がたくさん繁っていてグローブでバサバサと桑の葉をどかしながらボールを探していた。するとそのとき私の指に激痛が走った。左の人差し指をアシナガ蜂に刺されたのだ。その痛いのなんのって、見る見る間に私の手のひらはグローブのように膨らんでしまった。仲間が「アンモニアを付けろ」と言ったが咄嗟にそんなものはない。誰かが小便をかけろと言ったがそれも咄嗟には出ない。痛みを堪えて家に駆け込んで、母に「蜂に刺された」と言うと直ぐにアンモニアを付けて氷で冷やしてくれたが、しばらく手のひらがパンパンになっていた。

そう言えば最近、子供たちの「〇〇ちゃんアーソボ」の声が聞かれなくなったが、メールで「遊べる?」だそうだ。

蟻地獄

小学校四年の夏休み、近所のガキ大将のHちゃんが蟻地獄を捕まえようと言い出した。Hちゃんを先頭にぞろぞろと子供たちは皆、缶詰の空き缶を手にして（どういうわけかあのころは缶詰の空き缶がどこの家にもあった）付いていった。

蟻地獄はウスバカゲロウの幼虫である。成虫の可憐な姿とは似ても似つかぬ、拡大したらウルトラマンに出てくる宇宙怪獣のような姿をしている。映画「風の谷のナウシカ」に出てくる巨大な虫「オーム」そっくりである。蟻地獄は乾燥した土のある縁の下のような所にすり鉢状の巣穴を作る。

行き先はたいがい神社や寺である。神社や寺の縁の下は子供が楽に入れるくらいの隙間がある。雨がかからない乾燥したところが狙い目である。その下を良く見ていくと、乾燥した土が盛り上がっているところがある。そういうところを注意して見ていくと、直径三センチから四センチのすり鉢状にへこんだ蟻地獄の巣を見つけることができる。巣といっても卵が有るわけではない。幼虫が一匹巣の底に潜んでいるのである。このすり鉢型の巣を巣ごと両手でさらい平らなところに広げ、少しずつそっと土をどかしていくと、土と同じ色の幼虫が現れるのである。

蟻地獄は蟻の通りそうな場所に巣を作りじっと待っている。そうとは知らない蟻が通りがかりすり鉢に入ってしまうと、巣の回りのすり鉢状の砂の壁が、もがけばもがくほど崩れる。下からは蟻地獄が二本の牙で砂を振り掛けてくる。ついに蟻はすり鉢の底に落ちてしまう。すると鋭い牙に捕まり砂の穴の中に引きずりこまれてしまうのである。これが蟻地獄の名前の所以であろう。

掬い取ってきた蟻地獄の幼虫は広めの器に入れ、乾いた砂をいれておく。するとお尻からもぐり始めだんだん砂が窪んですり鉢状の巣を作り始める。これを巣と呼んでいいのかわからないが、昆虫の捕食の道具でもある。全身が隠れると、二本の牙で砂を弾き飛ばし始める。幼虫の数だけあちこちにすり鉢状の落とし穴ができるのである。餌は生きた蟻をここに放す。残酷だがこうして生き物を飼うのである。小さな生き物も必死で生きているのだ。子供の時分から弱肉強食、生き物は生き物の死によって生かされていることを学んでいくことは大切なことだと思う。

台風

台風が近づくと、父は「雨戸を閉めろ」と言ってすべての窓の雨戸を閉めさせた。外れそうな戸にはバッテンに板を打ち付けた。台風が関東地方に上陸しそうだというラジオの放送を聴くと、子供たちはうれしくなる。学校が休校になるからである。そしてもう一つの楽しみは、父と増水した小川に魚とりに行くことである。台風が通過して風がおさまると、私は大きな網や魚籠、ブッタイという川魚を掬う網を物置から出して、父の声がかかるのを待ったものだ。

増水した川は危険である。小さいときから川遊びは得意中のことだった私でも、大人と一緒でなければ近づかなかった。父が「ここに網を置くから押さえていろ」と言う。父は大きな長い丸太の先に赤い布を結わき付け、五メートルほど上流から川の中をかき回すように魚を追ってくる。「ソレッ、今だっ、網を上げろ」という父の声で私は重たい網を上げる。すると網の中には普段私たちでは絶対に獲れない大きな鮒や鯰、ウグイやにごいが入っているのであった。魚籠はたちまち魚であふれてしまった。

そのときの父はうれしそうな顔をして、私たち二人はあの時の満足感を忘れることができないのであった。

私の息子が小学生のころには、川はコンクリートで固められてしまい、父と私のような喜びは与えてやれなくなったが、台風一過、相模川に行くと普段は川の水がこないところまで増水して、水溜りになっている。そういうところにはたくさんの魚が取り残され、子供でも簡単に捕まえられるのである。だから今でも台風が来て大雨が降り、翌日晴れると川に行ってみたくなる。

しかし増水した相模川ほど怖い場所はない。一級河川の真の姿を現わすからである。

グリコのキャラメル

赤い箱にゼッケンを付けたマラソンランナーの絵の「グリコのキャラメル」は、中身よりもおまけに付いてくるミニチュアのおもちゃが楽しみで集めていた。おまけといえばこれが一番だと今でも思っている。

もう一つは「カバヤのキャラメル」だが、カバヤにもおまけがついていた気がするがどうも思い出せない。

次は雑誌の付録だ、月刊の「少年」が発売される日が楽しみで、数日前から本屋に並ぶのを今か今かと待ち望んでいた。その付録はたいがいボール紙製でロボットだったり、消防車だったりで、でき上がり完成図は男の子の興味をそそり、夢をふくらませてくれた。それを説明書通りに作っていくのが楽しかった。ナイフで切り込みを入れたり、小さなのりしろに、大和糊を付けて組み立てていくのに、時間を忘れて没頭した。あの経験は今の物事に望む根性みたいなものを育ててくれた元になっている気がする。

そのころ（昭和三〇年）は飛行機の模型造りも皆でよくやった。竹ひごを蠟燭の火であぶりながら曲げていく。近づけすぎるとすぐ焦げてしまう。少しずつ温めては濡れ雑巾で冷やし、少しずつ曲げていくのがコツだ。設計図通りに曲げ、ニューム管という直径2ミリほどのアルミニウムの細い管に竹ひごを通し、ペンチでつぶし固定する。羽根の枠の中にバルサ材をセメダインを使って接着しふくらみを出す。両翼に大和糊で紙を貼る。動力は長いゴムひもだ。ゴムはたるませておき、ゴムを押さえてプロペラを逆回転に回してゴムひもをよじる。そして田んぼや、駅の広場で飛ばす。上手にできると何分間か飛び続けるのである。

話をグリコのおまけに戻そう。赤い箱にゼッケンを付けたマラソンランナーの絵のグリコのキャラメルは、始めのうちは手作りのようで油紙にキャラメルが丸めて入っていた。四角い今の形になったのは大量生産化されてからだろう。おまけのおもちゃも手作りで、手塗りの木製のミニチュアの船やトラック、消防車などだった。

あのころ集めたおもちゃやビー玉、蠟燭を溶かして作った蠟メンと呼ぶメンコは長い間私の大事な宝物で、アメリカのきれいな花模様のお菓子の缶に入れていたが、家の建て替えと共に捨てられてしまった。七十近くなったこの歳になっても思い出すたびとても残念な気持ちがする。

MP

昭和二一年に米軍が進駐して座間の陸軍士官学校は米軍基地となった。当時キャンプ座間の将校クラブには美空ひばり、江利チエミ、雪村いづみなどの歌手が来ていた。当時ミュージシャンは引っ張りだこだった。皆、コンサートが終わってからの食事が楽しみだったらしい。なにしろ食糧難の時代、まだ外国旅行など夢のまた夢で、一ドル三百六十円、海外に行くにもドルの持ち出しを制限されていた。今でも基地の中は日本にある外国だが、当時から基地内ではビーチサンダルと同じサイズのステーキが食えるというので、基地の中に出入りでき、ゴルフ場やクラブで食事することがステータスのように思われていた時期があったのである。

そのころ座間小学校に少女歌手が来て講堂で歌を歌う会があった。かわいい！　少女歌手が講堂で歌うのを見て、なんてかわいい女の子がいるのか！と思った。

座間には天皇陛下が陸軍士官学校を拝謁《はいえつ》されたとき休憩されたことで有名な、旧家の若林家があった。冨士宇光というブランドの醤油製造会社を経営していて、社長さんは政府上層部に顔の利く方だった。この社長さんの声がかりがあって、有名人が座間小にも来たらしい。

小学五年のとき、父から子供用の自転車を誕生日にプレゼントされた。普段は大人用の大きな自転車を三角乗りしかしていなかったので、一度サドルに座って自転車を運転してみたかった。子供用の自転車をもらって私は有頂天になっていた。

ある日家の前に停めてあった私の自転車に、客で来た米軍のMPの車がぶつかる事件が起きた。米兵は人に危害がなかったので安心したのか「OK？」とだけ言ってパトカーのタイヤを思いっきり空回りさせて帰って行った。

私の自転車は前輪がグシャリと曲がってしまった。目の前で起きた事件に私はびっくりして声も出なかった。しかし大事にしていた自分の自転車が目の前で壊されたので、父に「自転車を壊された。やったのはMP」だと言ったが、当時の米軍の権力の前に、文句を言うことなど誰にもできなかったのである。しかしそんなことなど知る由もない子供の私は、猛烈に父に抗議し、「なんで黙っているんだ」と言ったが、「いいから」と言うばかり、相手にしてもらえない何かをそのとき感じたのである。

そのときから、それまでは家に来た米兵と遊んでいた私は、簡単に遊ぶことができなくなってしまった。世の中に理不尽ということがまかり通っていることをそのときおぼろながらに知ったのである。

焼き芋

昭和二九年ころ、我が家の暖房は火鉢の炭火や練炭だった。小さな火鉢でも唐紙や障子閉め切って薬缶を乗せて湯を沸かすだけで部屋は暖まるものである。

あのころ炭は萱で作った炭俵で、炭屋から買っていた。その炭俵が空になるのが冬は楽しみだった。焼き芋ができるからだ。炭俵は萱《かや》で四角く編んであって、上下に細い枝木が炭を割らないようにクッション用に入れてあった。その細い枝は炭を起こす前の燃しつけにちょうど良かった。炭俵は燃えやすいので子供でも簡単に焼き芋ができた。まだ食べ物が十分なかったときで、その焼き芋の味は格別であった。芋は中が白い太白《たいはく》という品種である。金時芋はほとんど手に入らず細い芋だったが、白い中に所々紫色が入って甘みのする芋であった。米がなかなか手に入らないときで学校の弁当にも芋を持って来る子もいた。冷えるとほのかに甘く冷たくても美味しかったのを憶えている。最近はどこでも金時芋ばかりで昔の白い芋は売っていないので、手に入れるのが難しい。どうしても食べたくなってインターネットで調べたら佐渡で作っているとあった。しかしとても高額である。ためしに取り寄せてみた。久しぶりの白いさつま芋は懐かしく食べたがなぜか、昔の感動ほどではなかった。金時より甘みがあった気がしたが、食糧の少ない時代だったから余計に美味しく感じたのだろう。三本ほど種芋にして植えてみたら十五本ほど収穫できた。次回はもう少し多く作ってみたいと思ったのだが、種芋としてどうやって来年まで保管したらいいかわからず、二回目は保存に失敗してしまった。乾燥芋にする芋はあの白い芋らしいが、誰か作っていないかしらと思うのである。

焚火の話だが、最近の子供は火がつけられない。我が家でも子供たちはマッチの擦り方を知らない。ライターである。居酒屋で隣に座った若者が息子と同じぐらいだったが、タバコに火をつけるのにマッチでつけたことがないという。店にマッチがあったのでそれで火をつけたのだが、そのへたなこと。そこで昔のヘビースモーカーはマッチの上手な火のつけ方、そしてマッチは火がついたら何秒間かそのまま軸を持ってよく燃やしそれからタバコに火をつけるとうまいのだと教えてやった。着火してすぐの火は硫黄の臭いがするのだ。若者たちは納得していた。ついでに一番タバコがうまい火は熾《お》きた炭火であることも教えてやった。

ガスが普及した現在では飯炊き、風呂焚きはなくなった。そして庭で無闇に焚火もできなくなってしまった。

あとがき

平成十二年の「阿夫利嶺」俳句会の新年会で、たまたま俳句誌「阿夫利嶺」の小沢真弓編集長の隣に座ったばっかりに、「ネェ、何か書いてくれない？」という甘い言葉に、「仕事の話でよければいいですよ」と軽く引き受けてしまった。

僕は女性の「ネェ、○○してくれない」という言葉に弱いのである。

引き受けたものの、それまで仕事の話は同業者や青年部の人たちにしか、しゃべったり書いたりしていなかったので、一般の人にでもわかる話を書くのは初めてことで話のタネはすぐ尽きてしまった。子供のころから見たり聞いたりしてきた祖父や父母、大勢の職人さんたちのこと、今はない場所や情景を思い出しながら書いてみた。

戦後の混乱から立ち直っていった日本の姿、戦勝国のアメリカが進駐軍として日本に上陸し、地元の座間にもキャンプを築いていった。日本がアメリカの進駐によって変わっていき現在に至るまでを、一人の日本人として幼児の頃から見聞きしてきたことなどを書いてみた。

元より文学とは程遠いと思っていた私が、文章を書くことなど思いもよらないことだったが、洗濯屋の一人の親爺として、アイロンを持ってワイシャツを仕上げていると、なぜか自然と昔のことが思い出されて、その度書きとめておいた子供時代の情景をまとめていったものがここまでたまっていった。

この本を上梓できたのは、いつも誤字脱字を直してくれながら文章をまとめてくださった小沢真弓編集長と、懐深く見守ってくださった「阿夫利嶺」の山本つぼみ主宰、厚木高校恩師の中村菊一先生のおかげである。

仕事の話で相談に乗っていただいたマスター技術者仲間の市丸一嘉君、厚木高校時代の友人・大塚憲二君、幼馴染にも勇気をもらった。

愚図な私に長きにわたっておつきあいくださり、一冊にまとめていただいた冬花社の本多順子さんと金子正夫さん、「阿夫利嶺」俳句会の皆さんにもお礼を申しあげたい。

私事に尽きるが、わがままな私を影に日向に支えてくれている妻・栄子に、何よりの感謝を伝えたい。

そして、最後までお読みいただいた読者の皆様にも深く感謝申し上げます。

平成二七年一〇月

神山 宏

【著者略歴】

神山 宏（かみやま ひろし）

昭和22年1月、神奈川県座間市にて4人兄弟の二男として生まれる。神奈川県立厚木高校卒業後、家業のクリーニング店の3代目を継ぐ。日本に28人いるマスタークリーニング技術者の一人。昭和51年より故大川泰央に木板画を師事。平成5年～10年、俳句誌「青芝」の表紙絵を担当。平成16年より俳句誌「阿夫利嶺」の表紙絵を担当、現在に至る。平成17年より阿夫利嶺俳句会にて山本つぼみに俳句の手ほどきを受ける。平成19年より俳句誌「阿夫利嶺」にエッセイ「ランドリーの片隅より」を連載。阿夫利嶺俳句会同人。

ランドリーの片隅から

発行日 ２０１５年12月1日
著者 神山 宏
発行者 本多順子
発行所 株式会社 冬花社
〒２４８-００１３
鎌倉市材木座４-５-６
電話：０４６７-２３-９９７３
http://www.toukasha.com
印刷・製本 モリモト印刷

ISBN 978-4-908004-06-3